SV

Band 8 der Bibliothek Suhrkamp

Max Frisch
Bin
oder Die Reise nach Peking

Atlantis Verlag Zürich
Suhrkamp Verlag Frankfurt am Main

56.–63. Tausend 1968
 · Printed in Germany · Satz und Druck in Garamond Antiqua von der Buchdruckerei Georg Wagner, Nördlingen.

Für meine Frau

Es ist im Ernst nicht anzunehmen, daß es Leute gibt, die Bin, unseren Freund, nicht kennen. Es wäre denn ein albernes Mißverständnis; wir reden aneinander vorbei, indem sie ihm einfach einen anderen Namen geben ... Ein Marschall, der zu den namhaften dieses gräßlichen Krieges gehört, hatte einmal sein Quartier in einem alten Bauernhaus; er saß am Dämmerrand eines Lampenschirmes, allein, er arbeitete am Krieg, der für den kommenden Tag einen Überfall verlangte. Es mochte gegen Mitternacht sein, als er den Überfall im reinen hatte; er löschte die Lampe, ließ die fremde Nacht durch das offene Fenster und sah, halb schon zur Türe unterwegs, wo ihn seine versammelten Offiziere erwarteten – sah, daß draußen einer am Fenstersims lehnte. Der Marschall blieb stehen, seine Befehle in der Hand, seine Karten, seinen Überfall. Offenbar stand der andere, der Fremde, schon lange so da, eine Pfeife im Mund, auf die Ellbogen seiner vertragenen Joppe gestützt. Er stand wie ein Nachbar, der gelegentlich, wenn es Abend wird, an unser Fenster tritt und eine Weile plaudert, ein Einheimischer. Allein es gab in dieser Gegend und zu der Zeit, als dies geschah, durchaus keine Einheimischen mehr, die so umhergehen konnten; es war ja Krieg. Es gab die Soldaten, die eigenen, die feindlichen, und was allenfalls sonst noch lebte, das arbeitete in Lagern. Einen Augenblick – der namhafte Marschall ertappte sich über einem Augenblick persönlichen Schreckens – hatte er an einen Attentäter gedacht. Wir haben vergessen, es gab auch noch die Partisanen. Auf jeden Fall hatte die Wache ihn nicht gestellt. Indessen erwies sich der Unvermutete in keiner Weise als ein Täter, er kratzte nur das Moos vom Fenstersims, indem er seinen Fingern zuschaute, tat, als gäbe es nichts Dringenderes in dieser Stunde. Nach einer Weile, als sich das Auge an das Dunkel gewöhnt hatte und man sich besser erkannte, redete er sogar mit dem Marschall. Oh, nichts Unerhörtes! Er redete in der Muttersprache unseres immerhin betroffenen Marschalls; es hätte auch jede andere Muttersprache sein können. Nachdem er die erloschene Pfeife an seinen Absatz geklopft, blickte er abermals in die offene Nacht hinaus, und der Mond saß ihm wie eine gelbe Katze auf der Schulter; er blickte einfach

hinaus: die Grillen, die reifenden Felder, die Liebenden, die Vögel im finstern Gezweig, die schlafenden Rehe ... denn der Marschall war auch ein leidenschaftlicher Jäger – Offenbar aus bloßer Wut auf die Wache, die versagt hatte, schellte er plötzlich. Licht, Lärm, Leute! Natürlich umsonst. Sogar ein Schuß fiel einsam in die offene Nacht unter Sternen. Dann wieder war alles beim alten: die Stille, die Grillen, die Sterne, die Schritte der Wache. Aber gefunden hatten sie nichts, auch als der Morgen graute, nicht einen toten Partisanen, nicht einmal Spuren von Blut. (Der Marschall hingegen, der zu den namhaften dieses gräßlichen Krieges gehörte, ist seither schon lange gefallen.)
Soviel über Bin.

Es war ein Abend im März. Wir hatten in der ledernen Nische eines Kaffeehauses gesessen wie all die Abende, wenn man vom Geschäft kommt, einen Kirsch trinkt, eine Zeitung liest. Auf einmal, nach Jahren des Wartens, sieht man sich von der Frage betroffen, was wir an diesem Ort eigentlich erwarten. Mindestens die Hälfte des Lebens ist nun vorüber, und insgeheim fangen wir an, uns vor dem Jüngling zu schämen, dessen Erwartungen sich nicht erfüllen. Das ist natürlich kein Zustand. Ich winkte dem Kellner, zahlte und ging. Den Mantel, den er mir halten wollte, nahm ich auf den Arm, ebenso die Rolle –

Draußen war es ein unsäglicher Abend.

Ich ging. Ich ging in der Richtung einer Sehnsucht, die weiter nicht nennenswert ist, da sie doch, wir wissen es und lächeln, alljährlich wiederkommt, eine Sache der Jahreszeit, ein märzliches Heimweh nach neuen Menschen, denen man selber noch einmal neu wäre, so, daß es sich auf eine wohlige Weise lohnte, zu reden, zu denken über viele Dinge, ja, sich zu begeistern, Heimweh nach ersten langen Gesprächen mit einer fremden Frau. Oh, so hinauszuwandern in eine Nacht,

um keine Grenzen bekümmert! Wir werden schon keine, die in uns liegt, je überspringen ...
Natürlich traf ich niemanden. Ich schlenderte. Oder es konnte auch sein, daß ich stehenblieb, etwa vor einem Schaufenster. Frauen anzusprechen ist eine besondere Gabe; man hat sie oder hat sie nicht. Schön fand ich es dennoch, draußen der abendliche Perlmuttersee, das Spröde der Luft, das Laue eines solchen Abends im März, das sonderbar Offene und Blaue, das Laute eines klimpernden Klaviers, das sich unter der gläsernen Glocke einer himmlischen Stille verfing, lächerlich, ergreifend lächerlich oder feierlich, zum Weinen feierlich und geschmacklos, schlagerhaft, selig. Dennoch schlenderte ich weiter, traurig an Gärten vorbei, die ich nicht haben wollte. Eine Köchin führte den Hund ihrer Herrschaft spazieren, er schnupperte an allen Ecken, und da und dort lag noch ein letzter Schattenschnee, ein Häuflein von verstaubtem Winter. Die Vögel piepsten aus der Dämmerung. Und die Köchin entschwand in ein Gartentor.
Später stapfte ich durch Wald.
Später war auch der Mond aufgegangen, wie ein

Gong aus Messing hing er über dem Schilf eines unerwarteten und nie gekannten Riedes, über dem Quaken der Frösche, und ich war, so wollte mir scheinen, durchaus nicht lange gegangen, als ich unversehens vor der chinesischen Mauer stand.

»Bin«, sagte ich, »das ist doch sonderbar, – das muß eine Täuschung sein –«

Bin lächelte.

Der Gedanke, daß ich zum Nachtessen erwartet würde, war das erste, was der unglaubliche Anblick mir eingab, und auch für lange das einzige, was außer Zweifel stand. Bin lächelte. Er rauchte aus seiner Pfeife wie eh, seine Ellbogen auf die chinesische Mauer gestützt, die anzusehen war, wie man sie von Bildern eben kennt, eine steinerne Schlange, die sich weit in ein weites, ein wüstes und hügelwogendes Land zog, und manchmal, während wir redeten, kratzte er mit dem Daumen das Moos von der Mauer, Moos, Sand, Gebröckel von verwittertem Stein, Staub der Jahrtausende. Er weiß es gar nicht, daß er das tut, glaube ich. Dann wieder bläst er es weg, fährt mit dem Ärmel darüber –

Ich hatte Bin nach dem weiteren Weg gefragt.
»Es kommt darauf an«, sagte er, »wohin du willst.«
Nicht einmal das wußte ich ...
Es war eine Art von Fußweg, der jenseits hinunterführte, immer wieder einmal im Gestrüpp versickerte; man mußte ordentlich aufpassen, daß man nicht über Wurzeln stolperte, das Mondlicht rieselte in einer gläsernen Quelle nebenher ...
Einmal fragte Bin, wie es denn ginge? was wir so trieben? Ich hatte die Rolle unter dem Arm, Zeichen des Alltags; ich zuckte die Achseln und sagte:
»Nicht eben viel.«
Man arbeitet, man ißt, man verdient.
»Drüben ist immer noch Krieg«, sagte ich später, »niemand weiß, wann er aufhören wird, und wie?«
Wir redeten lang über den Krieg –
So unerhört anders und fremd, wie man vermuten möchte, war die Landschaft auch wieder nicht. In den einsamen Bergen des Karstes hatten wir ähnliches schon einmal erlebt. Wir gingen am Rand einer steilen Schlucht, unter uns rauschten die Wasser einer Tiefe, die man nicht sah, und

wir sahen auch nicht, ob wir eigentlich weiterkamen auf diesem steinernen Gestirn, das wir kaum noch für unsere liebe Erde halten konnten, so groß und ohne Zeit, ohne Pflanze, ohne Dorf, so einsam und grausam und ohne Verhältnis zum Menschen lag es da, eine Wüste aus Kalk, ein Meer von versteinerten Wogen. Im Schatten der Wolken, die über uns zogen, silbern und schäumig wie ein Gestade der spielenden Götter, lag alles noch härter und toter, ein Gebirge von Schlacken, wir gingen und gingen – plötzlich, nie werde ich es vergessen, standen wir am Ende der Schlucht: vor uns ein fremdes und liebliches Tal, ein See voll blühender Seerosen, nichts anderes, ein Wunder von blühendem See ...

Das gibt es.

In den einsamen Bergen des Karstes hatten wir all dies schon einmal erlebt ... Bin konnte es hinter seiner schelmischen Pfeife nicht mehr verbergen, daß ihn das Erstaunen, das mich auch diesmal wieder stehen ließ, ein wenig freute.

»Ja«, sagte er, »das ist es nun.«

»Peking?«

»Das ist es nun ...«

Wir blickten hinab in den Frühling, wir blickten in eine Weite voll sanfter und gelassener Hügel, voll lieblicher Bäume, voll Straßen und Sonne, Bäche glitzerten in silbernen Schleifen, fernhin die Städte der Menschen, Dächer, Brücken, Buchten voll kräuselnder Bläue, Türme, Vögel darüber, die kreisen –
Nach einer Weile fragte Bin:
»Gehen wir?«
Noch einmal dachte ich an das Abendessen.
»Sobald wir in Peking sind«, sagte ich später im Gehen, »werde ich Rapunzel, meiner Frau, eine Karte schreiben! eine Karte mit all diesen Dächern und Türmen und Brücken und Segeln darauf, mit blühendem Lotos, mit blauen Vögeln darüber, die kreisen.«
Ich sah es, das Unverhoffte, mit bestürzendem Glück: weit konnte es nach Peking nicht sein, eine Stunde vielleicht oder zwei oder drei ...

Seither sind Jahre vergangen.

Das einzige, was immer wieder stört, das ist natürlich die Rolle unter dem Arm. Zwar schwer ist sie nicht. Man schlenkert sie. Man hält sie bald so oder so. Dann wieder, leicht wie sie ist, klemmt man sie einfach unter den Arm. Was mich stört, das ist anderes. Irgendwo in Peking, sagt man sich, wirst du sie liegen lassen! Man kennt sich wenigstens in seinen Mißgeschicken. Und dann, wenn man sie eines alltäglichen Tages wieder braucht, werde ich mich bestenfalls erinnern, wo ich sie zuletzt in den Händen gehalten, und eben diese leeren Hände betrachten ... denn niemals werde ich wieder dahin gelangen ... Was man in solchen Augenblicken erlebt, das ist nicht mehr und nicht weniger als ein Wunder, Gott verzeih mir, aber darüber täusche ich mich nicht, sooft ich an eine Schleife unseres Weges komme und wieder hinunterschaue auf die blinkenden Dächer von Peking, die Türme, die uralten, die Menschlein in ihren gelben und flachen Hüten, Wasserträger, die in den wirren Gassen umherstehen und schwatzen, ihr tägliches Joch auf den Schultern, dahinter die Buchten mit kräuselndem Silber,

mit Brücken und Segeln, mit blühendem Lotos, mit blauen Vögeln darüber, die kreisen ...
Eine Rolle, die man in Peking stehen ließe, wäre für immer verloren. Kein Stift kann sie uns holen. Ich hielt sie auch diesmal, daß sie mir fast in den Händen zerknüllte. Ohne sie, glaube ich immer, wäre ich selig gewesen.

Der erste, der uns jenseits der chinesischen Mauer begegnete, war ein kleines Männlein aus braunem Sandstein. Mit verflochtenen Beinen hockte es da, lächelte mit beinah geschlossenen Lidern, und obschon ich nicht allzu genau weiß, worin ein Heiliger besteht, sagte ich sofort zu Bin:
»Sieh da! ein Heiliger.«
Bin nickte. Er nahm es platterdings an, man wüßte, was ein Heiliger ist, und nickte, wie wenn man sagen würde: Sieh da, ein Regenbogen! Hierzulande gab es viele Heilige, mag sein, bei uns aber gibt es keine ... Das einzige, was mir bisher an Heiligen begegnete, ist eine freundliche Leihgabe, die zu Hause auf der tannenen Truhe steht, ein kleiner Buddha, genauer gesprochen, ein Lokeshvara, auch er mit verflochtenen Beinen, mit jener steinernen Geduld und einer heimlichen Milde und immer wieder mit einem befremdenden, bald mütterlichen, bald geisterhaften Lächeln, unerschütterlich, noch wo ihm die Arme zerschmettert sind. –
»Wenn sie so dasitzen«, fragte ich Bin, »was machen sie eigentlich?«
(Oh, diese westliche Frage!)

Bin sagte:
»Sie sitzen so da – zum Beispiel, wenn die Sonne untergeht über den violetten Hügeln der Wüste, und schauen die Sonne, nichts weiter. Sie schauen. Sie denken nichts anderes als eben die Sonne, so sehr, so innig, so ganz und gar, daß sie die Sonne noch immer und immer sehen, wenn jene, die wir die wirkliche nennen, lange schon untergegangen ist. Sie sitzen so da: sie können sie jederzeit wieder aufgehen lassen.«
Wir gingen weiter.
Da ich, wie vielleicht auch der Leser, nicht eigentlich wußte, was ich nun glauben oder auch nur denken sollte, die Arbeit des Heiligen betreffend, lag es mir nahe, ein wenig zu pfeifen, auf eine verlegene Weise bereit, mich andern Dingen hinzuwenden. Oft blickte ich zurück, ob man die chinesische Mauer noch immer sähe, oder ich knüpfte wieder einmal meine Schuhnestel, oder ich knickte einen Zweig, steckte eine Blüte in den Mund ...
Ja, hier war es schon Frühling.
Manchmal bleibt Bin wieder stehen, pflückt Beeren unter einem Wegsaum hervor, und natürlich

hätte man auch lebhafte Lust darauf, allein ich sehe sie nie – immer erst dann, wenn Bin sie bereits in der Hand hat. Es überzeugt mich, daß es so sein muß. Bin ist mir stets um eine Gnade voraus, und dennoch, oder gerade darum, schlendere ich unsäglich gerne mit Bin.

Eines Mittags, als ich erwachte, war es schon Sommer, und wir lagen an einem Fluß, einem Strom. Der Himmel war grau oder weißlich, und die Sonne, hinter Wolken verschimmelt, flimmerte nur matt und verhalten über dem unerhört breiten, immerzu murmelnden und gurgelnden Ziehen der braunen Wellen. So lagen wir lang, und in den Stauden ringsum, in den endlosen Wäldern rauschte der Wind. Es toste. Dann wieder, plötzlich, verebbte es, so daß man meinte, das Wasser würde nun lauter. Näher und heller, muntrer, lauter plauderte es um das Schweigen der Steine.

»Bin«, sagte ich, »ich habe dir immer einmal schreiben wollen. Ach, in den letzten Jahren ist so vieles geschehen ... Das heißt«, fuhr ich fort, »eigentlich ist mir, als wäre überhaupt nichts geschehen.«

Bin schwieg.

Ich höre eine Libelle wie damals, da wir die Schule schwänzten, in den Wiesen lagen, Halme um uns. Ich höre den Wind, der in den Wipfeln spielt, ganz droben, ganz ferne von hier, wo es heiß ist und schwül und still, als schlafe die Luft.

Nur die Erde, die ich unter den offenen flachen Händen fühle, nur die Erde ist mulmig und freundlich und feucht ... Wenn ich nicht weiß, wo in meinem Leben ich bin, wann ich bin, lege ich mich am besten auf den Rücken, die Hände unter den Nacken: man spürt seine Schwere. Droben das leichte und lichte und lautlose Ziehen der Wolken, Sonne darüber, sie als einziges bleibt, eine glimmende Insel im fliehenden Strom der Gewölke. Und doch, auf einmal, wird es Abend, und auch sie ist gesunken.

»Bin«, sagte ich, »zuzeiten umflattert mich die Erinnerung an Dinge, die man erlebt haben muß – wie könnte man sich sonst erinnern! – eine Art von Glück, blau, nüchtern, rauschlos, ein Glück der morgendlichen Frühe, Erinnerung an ein götterhaftes oder kindliches Jungsein. Aber ich weiß nicht, wo es war.«

Bin lächelte.

»Ich kenne das«, meinte er. »Man hat das. Man dichtet es immer in seine Jugend zurück, was jetzt, da wir es für Erinnerung halten, Gegenwart ist: jetzt, in diesem Atemzug, und zum erstenmal –«

»Jetzt?«
»Glück!« meinte er nach einer Weile. »Es machte mich immer so hilflos, im Augenblick wußte ich nie, was anfangen, ich trieb durch die Gassen, ich landete bei Frauen, ich ging und besoff mich. Vor Glück! Verkleidet aber – im Gewande der Erinnerung, im Schleier der Wehmut, im Glanze des Verlorenen – erschreckt es uns weniger.«
So lagen wir lange und plauderten.
Der Abend war schön. Auf einmal war der Abend über den violetten Bergen so schön, so lauter und golden, so heiter, daß ich mich nicht erinnere, einen schöneren schon erlebt zu haben, nicht einmal einen gleichen.
Bin lachte:
»Das ist die Jugend!«
»Was?«
»Wenn man sich nicht erinnert, daß man ein Schöneres schon einmal erlebt hat, nicht einmal ein Gleiches –.«
Ich hatte mich auf die Ellbogen gestützt, um über den Fluß hinauszuschauen, und sah, was mich nicht gleichgültig ließ: ich sah die Ruhe, die bleibende Ruhe der fließenden Wellen, sah, daß

die Ufer es sind, welche gleiten, die Steine am Ufer, sie stehen nicht, sie fahren wie spitze Schiffe, die sich durch die Wellen pflügen, und fahren stromaufwärts. Mit der ganzen rauschenden und kräuselnden Schleppe ihres Wellenkeiles fahren sie stromaufwärts. Und die Bäume, die knorrigen, die abendliche Wiese mit den weidenden Büffeln, das Moos, wo wir liegen und rasten, sie fahren stromaufwärts – und endlich, da ich alldies gewahrte und faßte, schreckte ich auf, sprang auf die Füße.

»Bin!« rief ich, »Bin?«

Er streichelte drüben einen Büffel ...

»Bin«, sagte ich, »ich glaube, es treibt uns ab. Indem wir meinen, wir bleiben am Ort, indem wir rasten und reden und weilen, treibt es uns ab –«

Bin lächelte.

»Ja«, sagte er wie aus alter Erfahrung ...

Die schwarzen Büffel – in der Ferne das offene Meer, und hier, wo wir auf unserem Floße fuhren, war es eine Ebene mit endlosem Schilf, eine Wildnis mit Tümpeln und Büschen darin, mit Mücken, mit sirrenden Libellen und blühenden Seerosen – vor allem aber die schwarzen Büffel, die in den braunen Tümpeln lagen oder standen und uns anglotzten, unberechenbar in ihrer sturen Ruhe und Gewalt: auch das hatte ich schon einmal erlebt.

Wir glitten vorbei –

Zuzeiten ist mir, der Strom würde breiter und breiter, stiller auch wie reifendes Alter. Einmal müssen wir ans Meer kommen... Störche steigen empor aus dem Schilf, rauschen über unsere Köpfe und fliegen voran in die Weite des dämmernden Abends. Und hinter uns, immer wieder, erhebt sich ein Mond, schwebt über den Wellen seiner silbernen Spiegelung. Nahe und groß, lautlos glotzt er über das klingelnde Röhricht.

Einmal müssen wir ans Meer kommen.

Wir kamen nun an den Ort, wo die Felsen aus dem Wasser steigen, bleich wie Kreide, und das Wasser war grün, das spiegelnde Kloster darin, und wo der Mönch in seiner winzig kleinen Barke stand und fischte –

Es war an einem Freitag.

»Fürwahr«, sagte ich zu Bin, »er ist es!«

»Wer?«

»Ich kenne ihn an seinem lahmen Arm, an seinem schwarzen Bart. Er trägt die schwarze Kutte, die schwarze Röhre eines griechischen Popen; aber seine Füße, du wirst sehen, sie sind in Lumpen gewickelt, und es ist das Tuch von Storen, wie man sie auf noblen Fremdenschiffen hat! ... Das ist der Mönch, der mir Oliven gab, lange ist's her, und dem ich nie geschrieben habe.«

Als wir näher traten, schlug mir das Herz in den Hals. O Engel, dachte ich, laß jenen Morgen noch einmal geschehen, jenen Morgen mit den Oliven! ... Es war ein Freitag, fügte ich für den Engel noch einmal hinzu, und der Engel, der ja von altersher gern in der Nähe von Fischern und Hirten weilt, mußte mich wirklich erhört haben, der Fischer hatte den Fremdling bereits bemerkt –

»So oft«, sagte ich zu Bin, »habe ich später an ihn denken müssen, aber geschrieben, wie gesagt, geschrieben habe ich ihm nie.«

Er läßt seine Netze zurück, um sich des Fremdlings anzunehmen, und stochert seine kleine und auch schiefe Barke ans Ufer. Erst rührend, dann komisch und auf die Dauer schon ärgerlich ist seine Sorge, ich könnte frieren. Denn es ist die Stunde des ersten Morgengrauens. Er kann nicht verstehen, was ein Fremdling an diesem einsamen Orte sucht; es fehlt uns die gemeinsame Sprache, damit ich mich erklären könnte, und auch dann wäre es schwer. So will er mir immerfort seine schmutzige Kutte geben, damit ich nicht friere, und das einzige, was ich sonst noch begreife: Trank und Speise wolle er mir geben. Eigentlich habe ich ein ganz andres Ziel. Aber wenn ich den Kopf schüttle, so kränke ich ihn, und schließlich sage ich mir: Die Tempel, die heiligen, stehen jeden Tag, aber nicht an jedem Tag begegnet uns ein Mensch. So trotte ich denn hinter ihm her, halb dankbar, halb ärgerlich. Nun führt er mich wieder zurück, schaut alle paar Schritte, ob ich auch folge; es geht über Felsen hinauf. Er hat ein Liebeslächeln, wie wir es unter Männern nicht kennen, nicht glauben ohne gemeinen Verdacht. Später sitzen wir vor seinem Kloster, denn er ist der einzige Mönch in diesen zerfallenen Mauern; die Sonne geht auf, und noch einmal, wie einst, kauen wir die ranzigen Oliven, die ihm so sichtbar munden. Es sind seine Leckerbissen; wer möchte den Kopf schütteln vor soviel Güte? Wir reden nichts, wir sitzen an der Mauer und kauen, und die Sonne steigt höher und höher, und noch einmal, wie einst, zeigt er mir die Bilder, die er in seiner Kutte verborgen hat, das verblichene Lichtbild von seiner Frau oder Braut, einer jungen und breiten Bäuerin; das andere: die schwarze Nonne, bleich, ungreifbar, byzantinisch. Er war im letzten Krieg verschollen, so vermute ich; seine Braut, treu noch im Schmerz, ging ins Kloster, und als er nach Jahren zurückkehrte, da konnte sie nicht mehr zu ihm, wollte auch nicht mehr. So ging auch er ins Kloster; man gab ihm dieses Gemäuer. Einfache Geschichte ... Immer mehr Oliven mußte ich essen.

»Wer weiß«, sagte ich zu Bin, »vielleicht hat der neue Krieg ihn getötet. Bomber sind gekommen, die er sich heute überhaupt nicht vorstellen kann, Granaten, die teurer sind als seine ganze Habe, jede einzelne von ihnen. Oder er ist einfach verhungert. Sie haben seine Ziege gebraucht, zum Beispiel, und eine Granate schlug ins Wasser, nachher schwammen die Fische obenauf mit silbrigen Bäuchen. Man kann sich auch denken, wie er da droben als Partisan kämpft, eines Tages ertappt wird und erschossen, wenn er Glück hat, oder wie eine Vogelscheuche erhängt. Mitsamt seinem unwahrscheinlichen Liebeslächeln. Wer kann es wissen! Da sitzen wir an der einsamen Morgensonne, und vielleicht ist er heute ein Gefangener, arbeitet in einem grauen Lager, in einem Land, das es für ihn gar nicht gibt.«
Erst im Augenblick, da ich wieder aufbrechen will und ihm danke, verrät es ein Zufall, daß er Französisch kann, nicht viel, und auf einmal ist es möglich, daß wir sprechen. Fast ist es schade um unser Schweigen. Er ist Russe. Er hat Rußland seit dem letzten Krieg nicht mehr betreten; von Vater und Mutter, von Brüdern und Schwestern

und Freunden weiß er nichts, keine Ahnung. Mit den Jahrzehnten, nur so viel weiß er, werden sie jedenfalls sterben. So lebt er einsam in diesem Gemäuer, und mehr, als ich vermuten konnte, erfahre ich auch aus seinen Worten nicht. Eine Zeitlang reiste er mit den Donkosaken, mit jenem Chor, der in den Weltstädten sang. Er erzählte es, während wir in den dunklen und feuchten Gewölben seines Klosters stehen; mit einer Kerze, die er vom Altar genommen, zeigt er mir die alten Fresken. Sie müssen wirklich sehr alt sein; sie zeigen ein Jüngstes Gericht, und wir sehen nicht allein Christus, auch Nestor, einen griechischen Poseidon mit Dreizack, die munter dabei sind. Hier unterhalten wir uns lange, und noch einmal, als ich ihn am Tor verlasse, schwöre ich im stillen, daß ich ihm später, wenn ich wieder zu Hause bin, schreiben werde ... Ich schwöre es mir, während ich nachher unter dem braunen Tempel sitze, glücklich über die verzögernde Begegnung, stolz, daß ich nun endlich am Ziel bin. Ich weiß, wie schön es wäre, wenn nicht der Magen mich quälte, die Oliven, die einfach ranzig waren. Und wieder ist es im Augenblick, da ich das antike Theater betrachte, seine schwindelnden Stufen – es kommt: ich knie in die staubigen Disteln, erbreche, daß mir für eine Weile fast Sehen und Hören vergehen. Dann wische ich mich mit dem Taschentuch.

»Siehst du«, sagte ich zu Bin, »genau so war es auch damals.«

»Und das ist alles?« fragte lächelnd der Engel, der nun ebenfalls daneben stand, eher enttäuscht über die Szene, über den Aufwand an heiligen Stätten und das Ergebnis.

»Ja«, nickte ich, »das ist alles.«

»Und das hast du noch einmal erleben wollen, dafür noch einmal deine Zeit gegeben, die kurz und kürzer wird?«

»Ja.«

Bin blickte den Engel an.

»Sehen Sie«, sagte er und zuckte die Achseln, »wir haben so Erinnerungen, wir Menschen. Sie halten uns immer wieder auf; all die Jahre denkt man an irgendeinen Morgen, einen Freitag, einen Morgen mit Oliven... Sie müssen das verstehen.«

Ja, die Jugend ist schön.

Man war noch ein Jüngling ... Auf einmal stand sie in der flachen Brandung einer Bucht, ihre Waden im tintenblauen Wasser. Vögel über den Felsen, Wind in den Pinien. Eine Weile blickte ich ihr zu, betroffen, beglückt, vielleicht auch ein wenig enttäuscht; all die Jahre hatte ich noch nie eine Frau gesehen, und dann, auf einmal, stand sie in einer namenlosen Bucht. Oft hielt sie ihre Hände aufs Wasser, so, als stützte sie sich, schritt wie eine Seiltänzerin gegen die schäumigen Wellen. Man hörte, wie sie auf dem Sande des flachen Ufers verklatschten. Ich wußte nicht, ob sie mich bemerkt hatte; ich ließ mich von Fels zu Fels, da und dort konnte man sich an Sträuchern halten, Disteln waren auch dabei, ich blutete, in weißen Fahnen wirbelte der Staub. Dann teilte ich die letzten Agaven: ein Sprung – bis über die Knöchel stand ich im heißen Sand, in einem weichen und trockenen Glühen, es war ein Gehen wie in bösen Träumen; um nichts in der Welt hätte man schneller laufen können. Endlich aber, als ich um den letzten Felsen trat, ebenso schüchtern wie neugierig, stand niemand mehr draußen in der grünen Brandung. Die Bucht war leer. Indessen entdeckte ich eine große eiserne Tonne, die hier auf dem einsamen Strand lag, Gott weiß woher, wieso, wozu. Sie schimmerte rostig; meerwärts war sie offen. Aber man mußte über die Knie ins Wasser, wenn man hineinwollte, und das wollte ich natürlich. Schon draußen hörte man, wie das Meer mit seinen Wellen hineinlallte, gegen die Wandungen platschte. Ich zweifelte nicht daran, daß die nackte Frau nur in dieser Tonne sein konnte, und mir schlug natürlich, jung wie ich war, das Herz in den Hals, als ich endlich vor der runden Öffnung stand. Hinter mir rauschte das offene Meer; es tönte wie eine Muschel am Ohr, wo man das eigene Blut hört. Man mußte sich ducken, wenn man in die rostige Tonne eintreten wollte; es war wohl ein Tank für Benzin, stammte von einem Schiff. Und vor mir war es nun dunkel, so daß man, eben noch von der Sonne und tausend Wellen geblendet, kaum etwas sehen konnte. Wie ein gefangenes Tier stand sie zuhinterst in ihrem Versteck, blickte gegen die grüne Helle, gegen den ebenso frechen wie verdutzten Eindringling. Ihr Haar war schwarz wie Pech, offen, naß, so daß es glänzte; sie grinste mit weißen Zähnen. Auch sie stand im lallenden Wasser, barfuß. Ihre Arme, ihre Schultern waren bloß, glänzend vor Nässe, sonst hatte sie ihr Kleid bereits wieder umgenommen, ein lumpiges und fetziges Zeug, so gut es in der Angst und Eile gelungen war ... Natürlich fand ich es schade, jedesmal, sooft ich jene rostige Tonne, die nun einmal am Strande der Erinnerung liegt, auch in späteren Jahren wieder betrat. Man weiß, wie es war, und dennoch kann man es nicht lassen, jedesmal wieder hineinzugucken –

Bin wartete drüben an der Straße, als wäre nichts geschehen. Es war ja auch nichts geschehen. Er hockte auf einem Meilenstein, futterte Beeren aus der kleinen Schüssel seiner hohlen Hand, und es war Morgen, die Sonne stand wie eine goldene Garbe über dem braunen Land.

Ich sagte:

»Hast du den Adler gesehen – vorhin?«

Bin, wortlos, schüttete sich den letzten Segen in den Mund, indem er nach Bubenart unter den Handrücken schlug, so daß ihm die Beeren in den

offenen Gaumen flogen; dann klatschte er sich die Hände, erhob sich und sagte:
»Gehen wir?«

Noch immer habe ich Rapunzel, meiner Frau, keine Karte geschrieben ... Gewiß: noch sind wir auch nicht in Peking.

Einmal sitzen wir in einer Pinte am Gassenrand.

»Es ist komisch«, sagte ich –

»Was?«

»Wenn wir nicht wissen, wie die Dinge des Lebens zusammenhängen, so sagen wir immer: zuerst, dann, später. Der Ort im Kalender! Ein anderes wäre natürlich der Ort in unserem Herzen, und dort können Dinge, die Jahrtausende auseinanderliegen, zusammengehören, sich gar am nächsten sein, während vielleicht ein Gestern und Heute, ja sogar die Ereignisse eines gleichen Atemzuges einander nie begegnen. Jeder weiß das. Jeder erfährt das. Ein ganzes Weltall von Leere ist zwischen ihnen. Man müßte erzählen können, so wie man wirklich erlebt.«

»Und wie erlebt man?«

»Du hast es selber gesagt: daß Dinge, die wir für Erinnerung halten, Gegenwart sind. Ich hatte noch nie darüber gedacht, ich fühlte nur öfter und öfter, daß die Zeit, die unser Erleben nach Stunden erfaßt, nicht stimmt; sie ist eine ordnende Täuschung des Verstandes, ein zwanghaftes Bild, dem durchaus keine seelische Wirklichkeit entspricht. Wer es wüßte, wie die Träume ineinander wurzeln, auseinander wachsen!«

»Was, meinst du, hätte er gewonnen?«

»Er hätte noch viel zu erzählen, denke ich, fast alles –«

Wir saßen in einer Pinte am Gassenrand, wie gesagt ... Noch war das nicht Peking, wir fanden die Häuser aus der Nähe so klein, so winzig und spielzeughaft, daß man sich an der Dachtraufe, was es in diesen Landen allerdings nicht gibt, hätte halten können und Mühe hatte, sie ernst zu nehmen.

»Herrgott«, murrte Bin, »ihr Lebenden mit eurem Ernst ohne Maßstab! ...«

Ein Mädchen brachte uns Wein.

Wie anders ist die Luft hier! Sie tönt. Sie tönt wie ein Spinett, so drahtig, so kindlich spröde, und die Töne laufen auf gläsernen Stelzen; ein Windstoß scherbelt sie weg – dann, hinten herum, kichert es wie Mädchenlachen.

»Trinken wir!« meinte Bin.

»Die Zeit ist ein sonderbar Ding!« sagte ich. »Einmal habe ich eine Liebe verloren. Lange ist's her. Aber es hört nicht auf, daß ich sie verloren habe.«

»Was ist denn Schlimmes dabei?«

»Schlimm?« versetzte ich, besann mich und nahm einen Schluck. »Seit ich eine von ihnen verloren habe, dünkt es mich, ich liebe sie alle. Ich möchte sie immer noch einmal verlieren, verstehst du? Maja hieß sie, ein liebes Mädchen. Lange ist's her! Aber es hört nicht auf, daß ich sie verloren habe –«

Trinken wir!

Ein wenig reute mich stets die Zeit. Ich hatte in der Folge dieser inneren Unrast auch schon ein zweites, drittes oder viertes Glas gekippt, während Bin noch immer über seinem ersten saß. Vielleicht war es eine Spelunke, wo wir uns befanden. Goldfische schwammen in einem grünen Glas, und wenn man mit dem Finger daran klopfte, schossen sie weg; dann wieder schwebten sie über einem winzigen Urwald, schnauften mit ihren lautlosen Kiemen, ließen hin und wieder ein Bläschen an die Oberfläche steigen, eine Perle,

die einen Augenblick auf dem Wasser schwamm und dann verging. So verbrachten sie den Tag. Manchmal zuckten sie auch mit dem Schwanz, der so dünn war, daß das Licht ihn durchschimmerte, und stießen in die Tiefe, wo es Sand und leere Muscheln gab, oder sie drückten wieder ihre roten Nasen ans Glas und schauten sich die Leute an. Diese hockten auf einer Art von Matten, hielten ihre langen irdenen Pfeifen am Mund und träumten in die bläuliche Dämmerung, lächelnd, oder sie schauten auch ihrerseits wieder den Goldfischen zu. Sicher war das eine Spelunke.
Mit dem Witz eines Mannes, der seine paar Bücher gelesen, vermutete ich sofort das Falsche; es waren nicht Päpste, nicht einmal kleine Pfarrer, die wir an diesem dämmerigen Orte ertappten, keine Biedermänner und Staatsräte, nicht einmal Lehrer, die hier, jenseits der chinesischen Mauer, ihrem unterdrückten Triebe frönten... Ich kannte nur einen, und ich kannte ihn als Jüngling, der sich rühmen durfte, daß er noch nie einen solchen Ort betreten hatte. Nunmehr ein Mann, der seinen Bart hatte wie graue Flechten an einer Bergföhre, saß er drüben in der Nische; er schien im

Gespräch mit dem Heiligen, den wir schon einmal getroffen hatten. Der Heilige aus braunem Sandstein, der eben das Mädchen namens Pfirsichblüte auf den Knien trug, lächelte wie immer und sagte: »Da haben Sie nicht wohl getan, mein Freund. Da haben Sie nicht wohl getan.«

Das Mädchen namens Pfirsichblüte lachte ebenfalls, legte ihre schmalen und duftenden Hände in den Schoß und ließ sich die Glocke ihres kupfernen Haares in den Nacken hängen. Natürlich war das eine Kurtisane.

»Ich verstehe nicht«, sagte unser Freund, »ich verstehe nicht: Ihr nennt es einen Tempel, ich aber sehe an allen Wänden die unverschämtesten Bilder der Unzucht, die Lockung der Sinne –«

»Warum nicht?«

Die Pfirsichblüte lachte.

»Es ist ein Tempel für die Dummen«, sagte der Heilige mit dem Lächeln, »aus der Erde sind wir gemacht. Wie aber, wenn wir die irdische Dummheit nicht leben, sondern aufsparen und aufsparen, wie wollen Sie denn jemals ein Weiser werden? Wer seine Erde nicht dem Feuer gibt, das sie verbrennt, wie sollte jemals ein Geist aus ihm werden? Passen Sie auf, mein Freund: Sie sterben als Erde.«

So redete der Heilige, wie wir ihn nun einmal nannten, und wieder scherzte er mit dem Mädchen namens Pfirsichblüte, das eine Kurtisane war und nackt und das auf seinen Knien saß.

»Mir scheint«, sagte ich zu Bin, »das ist ein merkwürdiger Ort. Kennst du den Mann, der in der Nische hinter uns sitzt?«

»Hinter uns –«

»Aber schau nicht hin. Es ist Anastasius Holder, der Maler, der vor kurzem gestorben ist ...«

Ich hatte ihn einmal in einer Berghütte getroffen. Er stand am Hüttenherd, damals, zerquetschte die Suppenwürfel zwischen den Fingern, als ich ihn plötzlich erkannte, und schon hatte ich mich erheben wollen, ihn zu begrüßen. Gott weiß, warum ich es damals nicht tat. Einen Augenblick zögerte ich, dann wurde es immer heikler, bewußter. Hemmungen, Zweifel! Ich hätte ja sagen können: Herr Holder, ich nehme es wenigstens an, daß Sie es sind, Sie haben einmal ein kleines Aquarell gemacht, das hat mir über die

Maßen gefallen; vielleicht freut es Sie, das zu hören –

Und da er mich anblicken würde:

Später habe ich es sogar gekauft, das einzige übrigens, was ich je von einem Lebenden gekauft habe. Nämlich: es hatte einen Knick bekommen in der Mappe, wo es auflag, ich bekam es für dreißig Franken. Heute noch hängt es in meiner Bude, denken Sie, es ist mir noch immer nicht verleidet!

Anastasius Holder, so dürfen wir annehmen, hätte darüber seine Suppe nicht anbrennen lassen; ein wenig hätte es ihn gefreut, ein wenig geärgert, ein wenig hätte er gelacht, und dann, glaube ich, hätten wir über den Neuschnee geplaudert und zusammen verzehrt, was jeder in seinem Rucksack hatte. Er hätte natürlich bald gemerkt, daß ich nichts von Malerei verstehe. Ein anderes ist die Mitfreude, wenn wir vor einem Bilde stehen und etwa sagen: Ja, so habe ich es auch schon erlebt! Wir loben, aber wir loben die Schöpfung schlechthin, nicht ihn, sondern die Wolken am wirklichen Himmel, das Leben in den eigenen Adern, das Meer, die

Frauen, den lieben Gott. Das ist die Mitfreude, vielleicht das Beste, was einem Künstler begegnen kann. Denn da erst, wo wir so Unmittelbares nicht empfinden, rühmen wir ihn selber, seine Art, die Farbe aufzutragen . . .

Indessen geschah überhaupt nichts, damals in der Berghütte, denn ich brachte es nicht über mich, ihn anzusprechen, ungewiß, wie er es aufnehmen möchte, und weil man immer Angst hat, es könnte peinlich sein. Nichts zu sagen, das war sichrer. Und so saß man denn da, jeder gabelte in seiner Büchse herum, und Holder, der das Aquarell gemalt hat, brockte Brot in seine dampfende Suppe, schmatzte, daß ich in der Folge nichts anderes mehr hören oder denken konnte. Am folgenden Tag schneite es. Auch Holder blieb den ganzen Tag in der Hütte, einmal redeten wir über das Wetter, er spaltete Holz, ich holte das Wasser am Gletscher. Er war, aus der sogenannten Nähe gesehen, ein ziemlich grober Mensch, der sich mit dem Handrücken schneuzte, und ein wenig schämte ich mich vor ihm selber über sein zartes, innig verträumtes, beinahe frommes und kindliches Aquarell; ich glaubte es ihm immer weniger. Er roch aus dem Mund. Fast aus Teufelei sagte ich einmal, als wir an den Pfosten der offenen Türe lehnten und die abendlichen Wolken sich röteten: Das sollte man malen! Es war Kitsch, und ich blickte nun Holder von der Seite an. Er stocherte mit einem Span zwischen den Zähnen. Malen? sagte er, indem er ausspuckte: Berge und Weiber sind da, damit man sie genießt, Malen ist sowieso ein Blödsinn! Am anderen Tag war er aufgebrochen, obschon der Nebel nicht nachlassen wollte, und unweit der Hütte, wie ich später aus der Zeitung erfuhr, zu Tode gestürzt.

Seither habe ich ihn natürlich nie wieder gesehen ... Jetzt, als ich mich endlich erhebe und auf ihn zutrete, fühle ich eine Erregung, eine Schwäche in den Knien, als gehe es um das Ungeheuerste; ich sage ihm, was ich ihm schon damals, zu Lebzeiten, hätte sagen können:

»Ich habe eine Skizze von Ihnen sehr gern, ein Aquarell, nichts Großes –«

Holder sitzt in der Nische, so, als höre er nichts, obschon ich es mehr als einmal sage, jedesmal lauter; er sieht den stummen Fischlein zu, die an der grünen Scheibe schweben, mit ihren Kiemen atmen.

»Er ist tot«, sagt Bin.

»Ich weiß.«

»Er hört dich nicht.«

»Warum hören sich denn alle andern?«

Holder hockte so grenzenlos allein an diesem Ort; ich habe ihn immer für ziemlich berühmt gehalten, Anastasius Holder, und wäre es auch nur, weil ich seinen Namen auf einem Plakat gesehen habe.

»Wahrscheinlich sind es Freunde gewesen«, sagte Bin, »darum hören sie einander – die haben sich schon im Leben drüben gehört.«

Ich kniete vor Holder.

»Komm jetzt!« sagte Bin.

Ich redete zu Holder:

»Deine Bestattung, verehrter Freund, war scheußlich. Wir waren gekommen, in Trauer erschrokken, wir sahen einen Sarg und wußten nicht, was wir tun sollten. Überhaupt nichts. Wir waren nur Zuhörer, verstehst du, Zaungäste, wir standen da und blickten uns um, zu sehen, wer alles gekommen wäre, die meisten in schwarz, und ein

Pfarrer, der gerade das Amt hatte, hielt einen Vortrag, einen möglichst passenden Vortrag, einen sehr menschlichen Vortrag. Man konnte ihn gut finden oder nicht. Es waren Meinungen eines Menschen, unserem Urteil unterworfen. Und nachher haben sie dich verbrannt, aber es gab keine Flamme, die zum Himmel schlug. Sie machten es mit bloßer Hitze, unsichtbar und sauber, ganz ohne Rauch, und auch dazu konnten wir nichts handeln, nichts tun, nichts beitragen. Unsere Trauer war an diesem Ort, der eine Kirche vorstellte, überflüssig. Ich sehe noch das hilflose Muster an der Decke, das ich die ganze Zeit ansah, während ich dachte: Unter Negern wäre das anders, ganz zu schweigen von alten Griechen, von Chinesen! Unter wirklichen Menschen, unter schöpferischen Völkern wäre das anders –«

Später, als wir die sonderbare Spelunke mit Kurtisanen und Goldfischen, mit Heiligen und Toten verlassen wollten, erschien noch ein ganzes Rudel von Matrosen. Die Nähe des Meeres! Ich sagte mir, das sei nicht verwunderlich. Sie setzten sich rittlings über die Sessel, laut, jugendlich, übermütig, tranken über die Lehne, und andere tanzten, bald war es ein tolles Gewimmel. Der Heilige lächelte wie immer. Man hat ihn nie anders gesehen. Schon weil er aus Stein ist.

»Bin«, flüsterte ich, »ich glaube, das ist sie.«

»Wer so?«

Ich konnte meinen Blick nicht wieder von ihr lösen. Ihre liebe Gestalt, ihre wirbelnden Füße, ihr seliges Lachen. Sie tanzte mit fliegendem Haar, jung, ganz erstaunlich jung; sie flog wie ein Kreisel. Und bald war es das einzige Paar, das noch tanzte. Denn alle schauten zu, so herrlich konnten sie es, die beiden. Der blaue Matrose, lang wie er war, mußte auf eine possierliche Weise sich ducken, um sie mit Anstand halten zu können; so klein war sie, so jung. Sein Bändel flog in der Luft, und zwischen den beiden war Raum, um den sie tanzten, das Mädchen mit

flatterndem Röcklein, aber sie blickte den Matrosen nicht an, sie kreiselte und tanzte und wirbelte wie eine Bacchantin; auf ihrem Antlitz – mitten im Taumel und Lärm, denn der Matrose stampfte nun mit seinem Stiefel, und alle anderen sangen mit erhobenen Bechern – lag eine kindliche, eine trunkene, eine strahlende Ruhe.
»Nun glaube ich wirklich«, sagte ich abermals, »das ist sie!«
»Aber wer denn?«
»Maja –«
Ohne von ihr wegzublicken, indem ich redete, erzählte ich die Geschichte, die keine war. Oh, es war mehr! Es war das erstemal. Ich suche sie seit Jahr und Tag, und solange ein Gedächtnis in mir lebt, und einst, wenn ich auf dem Totenbett liege –
»Herr«, sagte sie, trat auf mich zu, und die Matrosen brüllten vor Lachen, denn ich wurde wohl rot, »warum sehen der Herr mich so an?«
Ich hörte mich sagen:
»Weil du wohl schön bist.«
»So tanzen wir!«
Sie hatte recht. Und wir tanzten, und es wurde

mir, als hätte ich noch nie eine Mädchenhand in der meinen gespürt, noch nie geküßt. Was für ein Reich lag also noch vor mir! Ich hielt sie gar weit von mir. Um nicht zu küssen. Es mußte ein Schauer sein, ein Anfang, ein Ende, ein Meer von Wonne, ja, ich hatte füglich Angst, mir käme das Heulen, wenn ich sie küßte, und nachher würde ich hinausgehen und mich erhängen. Weil es das nie wieder gab. Sie tanzte wie vorher; ihr Kleidchen stieg wie eine Scheibe um sie, flog, alles flog und alles drehte, auf ihrem Antlitz aber lag eine strahlende Ruhe. Ich glaube, die Musik war lange schon zu Ende; ich aber stand noch immer ... Ja, denke ich, das ist ihre Wange. Das ist der Flaum ihrer Schläfe. Ich sah auch die kindliche Feuchte ihrer Lippen. Ihre Augen! sie waren wie ein früher Morgen, man ging wie in die Stille eines Waldes hinein. Ihre Zähne, denke ich, man möchte sie noch einmal haben, um in einen saftenden Apfel zu beißen, so daß es knallt, und nachher sterben ... Endlich, wie am Ärmel gezupft von meinem eigenen Verstande, verbeugte ich mich, sagte Dank, und auch sie machte einen höflichen Knicks, und die Matrosen lachten.

»Nun«, fragte Bin, »ist sie es?«
Ich zuckte die Achseln:
»Sie nannte mich – Sie.«
»Hm«, meinte Bin, »vielleicht ist sie es trotzdem; sie kennt dich nur nicht mehr – du bist ein Herr geworden.«
So verging die Zeit.

Die Nacht war lau. Ich hatte noch eine Zigarette geraucht, draußen auf dem winzigen Balkönlein. Dann zog ich die Vorhänge, langsam, und Bin, der auf dem Rande meines Bettes saß, stellte den Wecker, gähnte.

»Teufel nochmal!« sagte er, »es ist wieder spät geworden. Morgen müssen wir in aller Herrgottsfrühe aufstehen.«

»Warum?«

»Damit wir weiterkommen, denke ich. Und auch sonst ... Es ist ein Mittel gegen die Melancholie.«

Bin hatte natürlich recht.

Noch haben wir Peking nicht erreicht.

Mag sein, man ist ein Herr geworden.

Manchmal geschah es, daß ich Bin einfach wieder vergessen hatte, wochenlang, vielleicht auch jahrelang. Wer könnte es wissen, da er die Zeit nicht wirklich lebt? Man stellt seinen Wecker, man wäscht sich, man schneidet die Fingernägel, man arbeitet, man ißt, man verdient. Es gibt zu vieles, was man immerfort muß, immerfort sollte... Bin ist ein Geist. Ein Geist hat es leicht. Er muß nicht jeden Morgen sich anziehen, nicht jeden Morgen muß er die Klinge schleifen. Während ich schleife, höre ich manchmal die Vögel: sie erwachen und – singen! Er muß nicht zum Zahnarzt, zum Schneider, er muß nicht ausrechnen, wieviel er verdient, damit er weiß, wieviel er dem Staate schuldet. Er muß nicht immerfort die Zeitung lesen, beim Haarschneider sitzen, in einer Straßenbahn fahren. Er muß nicht immerfort einen Zettel unterschreiben, nicht immerfort in eine Tasche greifen und zahlen. Er muß nicht seine Hosen in den Bügel hängen. Abend für Abend... Es gibt zu vieles, was man immerfort muß!... Ich habe einen Menschen gekannt, der aus keinem anderen Grunde dazu kam, daß er sich das Leben nehmen wollte. Er saß in einer Wirtschaft, und wer ihn gesehen hatte, wie er stundenlang vor sich hinschwieg, beinahe lächelnd, konnte nicht daran zweifeln, daß es sein Ernst war. Einmal entschlossen, trank er sein letztes Bier und bezahlte, gab ein Trinkgeld, nicht zu klein, nicht zu groß; er ließ auch seinen Hut nicht in der Wirtschaft zurück, obschon er auch dieses Hutes nun nicht mehr bedurfte, all dies, damit ihm keinerlei Aufsehen folgte. Als man ihm die Türe hielt, sagte er sogar: Auf Wiedersehen. Das war noch einmal die Lüge eines Weltmannes, eine mehr oder weniger, darauf kam es nun nicht mehr an. Eine Weile, draußen auf der Straße, stand er unschlüssig. Freilich, er hatte sich auch das Erhängen überlegt; wahrscheinlich widerte es ihn an, begreiflicherweise. Es war an einem Samstag. Jedenfalls nahm er den Weg zum nächsten Fluß, wenn auch nicht den nächsten Weg, denn er kaufte sich noch einmal Zigaretten, eine ganze Schachtel voll, weniger bekommt man ja nicht, und die Verschwendung, die er somit beging, mutete ihn merkwürdig an, nachdem er ein Leben lang hatte sparen müssen. Es gab der Stunde seines Todes, ob er wollte oder nicht, eine gewisse Festlichkeit. Es wäre dann zu schildern, wie er an einer Kirmes vorbeikam, was den Tatsachen entspricht. Es war Abend. In den Bäumen zwitscherten die Vögel, ein junger Mann schlug auf den Herkules, so, daß man jedesmal das silberne Glöcklein hörte, wenn seine Kraft schon wieder den Gipfel erreichte; ein Karussell drehte, ein Kreis von hölzernen Rößlein, sämtliche leer, denn die Kinder schauten nur zu, und der Eigentümer hatte Zank mit einem Weib, das sichtlich im Unrecht war, und die Orgel tönte, und ob niemand es wußte, es war Verdi und Strauß, nicht mehr und nicht weniger. Eine Weile, als er so stand und schaute und hörte und rauchte, unser Selbstmörder, überlegte er sich, ob er nicht als einziger das leere Karussell besteigen sollte. Er überlegte es lange. Was immer es sein mochte, das ihn dazu lockte, eine Art von Galgenwitz, eine Art von Mitleid, sei es zu den leeren Rossen oder zu dem Eigentümer, der sichtlich im Recht war, er tat es nicht. Vielmehr erwog er, wie es wäre, wenn er den Rest seines Geldes, das er nun nicht mehr brauchte, unter die Kinder verteilte. Eine schöne Tat, eine rührende Tat. Die Kinder würden auf das Karussell stürmen, er aber ginge zum Fluß, den Pappeln entlang, und man müßte das alles in einer Weise schildern, daß uns fast die Tränen kämen, und eben das ekelte unseren Selbstmörder, er tat es nicht. Natürlich war es eine Gegend, wo die Leute arm sind, die Kinder barfuß, und in den Pappeln, die auf dem staubigen Platze standen, rieselte der Abend. Wieder würde es Frühling. Es war durchaus nicht wolkenlos, eher sah es nach Regen aus, und der Selbstmörder wunderte sich, daß er noch immer auf solche Dinge, die nicht mehr in sein Leben reichten, achtete. Er sagte sich: Es sind Zuckungen. Man kennt es von toten Fischen, es gab schon solche, die noch in der Pfanne herumschnellten, als könnte die Hitze sie kümmern. Mittlerweile war er weitergeschlendert; die Kirmes, schien ihm, war größer als früher, da er selber noch ein Bub gewesen war, barfuß, und er ließ es sich nicht nehmen, noch einmal alles anzusehen. Ohnehin war es noch beinahe Tag. Die städtischen Lampen, die einer Uhr gehorchten, waren zwar erhellt, ohne zu leuchten; der westliche Himmel war heller als sie, und die Vögel zwitscherten nach wie vor, denn die Tage wurden nun zusehends länger. Bald kämen die Dienstmädchen, die Burschen, die tagsüber in der Zwirnerei arbeiteten; sie würden in Gruppen umherstehen, einzelne auf ihrem Fahrrad hocken, und später würden sie auf das silberne Kügelchen schießen, das auf einem Wasserstrahl tanzt, oder auf die tückischen Nägel hämmern, die man mit einem einzigen Schlag in das Brett hauen sollte; ein Schreiner, oder ein junger Zimmermann, würde es den Leuten zeigen, wie man das macht. Sein Geschick, sein Erfolg, sein beharrliches Weitermachen, es bringt den Budenmann zur offnen Verzweiflung. Es gibt einen kleinen Auflauf; der Budenmann weigert sich. Alles das kennt man. Wie die Melodie der Vögel; sie fällt in ein taubes Herz, es sagt: Ich kenne das, ja, es ist lieblich, ich kenne das. Das ist die graue Asche der Erfahrung. Sie legt sich auf alles, noch auf das Glitzern der Wellen. Man sieht die Pappeln, die Birken, die Mädchen im Wind; aber wie vieles an Freude, an Neugier, an sinnlichem Zauber, an Süße der

Wehmut und Hoffnung, an Allgegenwart einer Hoffnung, die von keinem Mädchen und keinem Augenblick wußte, ob es nicht Anfang eines Abenteuers, eines ganz neuen und anderen und unvermuteten Lebens bedeutete, wie vieles ist hin! Einst, wenn man all diese Dinge sah, einst war man voll Jubel, den man im Überschwang nicht halten, nicht fassen konnte, und man meinte: wenn wir erst älter sind. Nimmer wird es gelingen, denn der Jubel, er ist aus den Dingen verflogen, nur die Erfahrung bleibt, nur die Asche der Erfahrung nimmt zu. Das einzige, was unseren Selbstmörder an diesem Abend noch locken konnte, das war die Bahn mit den kleinen Rennwagen, die man eigenhändig steuern durfte. Er hatte sein Leben lang noch nie gesteuert. Als er die sieben Runden nicht ohne Vergnügen gefahren hatte, stand er vor einer Bude, wo man Ballen werfen konnte; das hinwiederum kannte er. Und er ging weiter. Inzwischen war es dunkler geworden; eine Weile saß er nun draußen auf einer Bank, und überhaupt wäre es ein Irrtum, die Stimmung eines wirklichen Selbstmörders allzu düster anzunehmen; Schwermut ist ein großer

Raum, ganze Karusselle haben Platz darin. Man hörte den Klimbim noch hier, die dröhnende Orgel, das Glöcklein des Herkules, das Hupen der kleinen Rennwagen, und was die Tat, die nun fällig wurde, ein wenig verzögerte, war einzig und allein die unerwartete Gegenwart eines Knaben, der sich in den Uferbüschen umhertrieb. Auch diese Störung würde vorübergehen; unser Mann, der peinlich besorgt war, nicht aufzufallen, stellte sich an einen dicken Baum, tarnte sich mit der Gebärde eines alltäglichen Bedürfnisses, wobei ihm nicht entging, daß der störende Knabe, der eben noch auf den Ufersteinen gestanden, plötzlich verschwunden war. Natürlich hätten wir diesen Knaben schon früher erwähnen sollen, denn er war schon den ganzen Abend, als noch die Vögel zwitscherten, um die Fahrräder gestrichen; er schien uns damals nicht bemerkenswert. Inzwischen hatte er, wie sich später herausstellte, eine Pumpe gestohlen, die er zwischen den nächtlichen Ufersteinen verstecken wollte; er schlipfte aus, nichts leichter als das, und niemand würde es wundern, wenn unser Mann, der ohnehin ins Wasser hatte gehen wollen, den Augenblick er-

faßt hätte; man könnte denken: da er keine Angst hatte umzukommen, mußte es für ihn nicht eben schwer sein, sich in eine Tat des Mutes einzulassen, und in der Tat, obschon dieser Gedanke natürlich nicht stimmte, er hatte den kleinen Lümmel schon bald an der Jacke, stellte ihn ans Ufer, das heißt, auch er war wieder ans Ufer getreten. Nun war er allein, naß wie ein Hund, der das Stecklein seines Herrn aus den Wellen geholt hat, und daß ihm sein Vorhaben, nachdem er eben ein Leben gerettet, einigermaßen verdorben war, wenigstens für diesen Abend, lag auf der Hand. Ebenso waren ihm die Zigaretten verdorben. Es blieb aber nicht dabei. Er hatte es an anderen Abenden, an anderen Orten noch zwei- oder dreimal versucht, wie er mir erzählte, allerdings mit immer weniger Glauben. Es zeigte sich, daß er sich vor dem Wasser, und zwar vor jeglichem Wasser, Fluß oder See, in einer Art und Weise, die zu erläutern nicht leicht sein würde, schämte. Man verstehe es recht: an seiner Schwermut änderte sich nichts, denn sie war echt. Dennoch lebte er weiter ...
So dieser Mann.
Immer öfter sehen wir ihn, wie er es eines Tages,

eines ganz gewöhnlichen Alltages, als die letzte Hoffnung empfindet, die ihn vor dem Grauen schützen kann, die Hoffnung, daß ihn zu Hause ein Brief erwarte. Durchaus nicht ein bestimmter, nicht ein vermutbarer Brief. Sondern irgendein Brief: Jemand schreibt ihm, er schreibe Erfreuliches oder Trauriges, aber er schreibt, er teilt sich mit. Und dabei müßte man wissen, daß er schon viele Briefe bekommen hat, kluge und schöne und erlesene Briefe, die man ohne Zögern drucken dürfte, um ihre Verfasser zu ehren, aber auch beglückende Briefe. Was hilft es! Heute soll einer kommen. Heute braucht er ihn. Er trüge ihn auf Händen der Ehrfurcht. Er ginge in jedes Wort hinein, nicht anders als die Biene, die sich in jede Blüte taucht. Er träte in das Schicksal des andern, so meint er, wie in einen Tempel... Natürlich nichts. Eine Broschüre vielleicht, eine Zeitschrift, das käufliche Wort, nicht einmal eine Todesanzeige. Das ist alles. Er sitzt an diesem Abend wie ein Gefäß, das ausläuft, einfach ausläuft, und das Leben, das ihm ausläuft, verdunstet – Ja, das ist alles.
Eine mehr alltägliche Geschichte.

Manchmal, wie gesagt, geschah es, daß ich Bin einfach vergessen hatte, wochenlang, vielleicht auch jahrelang –

Eines Morgens, als ich wieder erwachte, sah ich mich auf einer Brücke, die Rolle unter dem Arm, ich stand, und da ich die Brosamen eines alten Semmels in der Manteltasche spürte, zog ich die Handschuhe aus und fütterte die Möwen. So gleichgültig war mir alles. Ich fütterte die Möwen. Bis ich nichts mehr hatte ... Sie kreisten noch immer über meinem Kopf, ihr weißes Geflatter, ihr heiseres Kreischen, die morgendliche Sonne über den Wellen, ein Hauch von goldener Sonne, das alles ist schön, und als ich die Hände wieder sauber geklatscht hatte, sah ich, daß Bin, kein andrer als Bin, neben mir stand.

»Gehen wir?« fragte er.

Er war es wirklich.

Ich hatte mich daran gewöhnen lassen, Bin für einen Traum zu halten, alles andere aber für wirklich ... Ein wenig schrecke ich zusammen, jedesmal, lächle unsicher, ob er meiner nicht spotten wolle. Er aber, sehe ich, meint es ganz ernst mit unsrer Reise nach Peking und jedesmal tut

er, als hätte ich ihn überhaupt nie vergessen, verraten, verlassen. Er steht da, raucht seine Pfeife oder stopft sie, und wie zu einem, der hinter einen Busch getreten ist und wiederkommt, sagt er:
»Gehen wir?«
Hier war es schon Herbst.

Wie liebe ich den Herbst! Eines Morgens hängt er wie Rauch vor den Bäumen, sie stehen noch sommerlich prall, aber sie stehen hinter einer Seide von bläulicher Kühle, die alles verzaubert, alles vergeistert. Die Luft, sie schimmert wie der Hauch um eine süße Pflaume, und ein holder Schrecken befällt uns jedesmal, da wir es sehen, es wiedersehen. Auch um die schweren Sterne der Dahlie, die auf den langen wanken Stielen nicken, leuchten in Sonne und Tau, im feuchten Gefunkel des gläsernen Morgens – um ihr trunkenes Dunkel von Blut: ein silberner Hauch, ein Schleier von Asche umweht sie ...

Einmal sagte ich zu Bin:

»Unser Leben ist kurz!«

Bin lachte:

»Woher kommst du, daß du so traurig in die Welt redest? Wer hat dich so weise gemacht?«

Ich zuckte die Achsel.

Indessen gingen wir am Ufer entlang.

Ja, auch die Schwäne haben es leichter ... Oder wir standen, wir lehnten an das Geländer, und es läuteten die Glocken aus der Stadt, ganze Chöre von Glocken; es summte – man kann nicht sagen, daß es klang; es brummte die Stille über dem silbernen Wasser. Wie oft schon, dachte ich, wie oft schon! Und draußen die leeren Bojen, wie weiße Zipfelmützen schwimmen sie aus dem sonnigen Dunst. Die letzten Segelschiffe sind aufs Trockene genommen. Ein wenig blinzelt man: das Glimmern der Wellen, das bläuliche Fehlen der Berge, Möwen darin, die immer noch zankten...

»Es ist schade«, sagte ich zu Bin, »daß du ein Geist bist – wir haben nun endlich eine Wohnung gefunden, die ich dir so gerne zeigen möchte. Sogar Garten haben wir nun, nicht viel, Blumen, Ausblick in die Bäume der Nachbarn, in Kirschen und Birnen, die nicht uns gehören, und im Herbst, mitten in der blauen Stille, hört man sie plumpsen. Nun haben wir auch bald ein Kind. Wir sind in einer Weise glücklich, die uns kaum noch ein Recht läßt auf Sehnsucht; das ist das einzig Schwere...«

Ich schwatzte viel zu viel.

Bin gab mir Feuer.

»Es ist schade«, sagte ich rauchend, »daß du ein Geist bist. Du solltest am Abend manchmal herüberkommen –«

Manchmal kommen sie am Abend herüber, Freunde, nicht viele, nicht eigentlich oft, wir trinken einen Wein, spannen die verflochtenen Hände ums Knie – und draußen steigt langsam der Mond über die Obstbäume.
Oder man geht in die Stadt: –
Wen verlangt es nicht einmal, jählings, nach anderen Stimmen. Man redet dann über das Ereignis, die Welt, oder man schwätzt über Leute, die der andere auch kennt, vielleicht sogar näher und besser kennt, und immer ist es mindestens einer, der den Genannten, sei es ein Staatsmann oder ein Künstler oder ein Forscher, nicht schätzt. Oh, man schimpft nicht über ihn. Ein Lächeln, ein Mundwinkel, ein ganz kleiner und fast harmloser Witz kann genügen, oder auch nur eine gewisse Art des Schweigens, sobald sein Name gefallen ist. Immer das Schmerzliche, daß einer, den du schätzest oder gar liebst, nicht ernst genommen wird von anderen, die du schätzest. Schließlich, da keiner mehr vorhanden ist, der unsere Achtung auf sich vereinen könnte, gibt man sich einen inneren Ruck, nimmt einen Salzstengel und fragt: Kennen Sie Bin?

Sie tun, als kennten sie ihn nicht. Und jemand winkt schon dem Kellner. Auch ihre Nichtkenntnis, die allerdings selten auftritt, ist immer noch ein wenig abschätzig – so: wäre er etwas, würden wir ihn schon kennen.
Im Augenblick sind solche Abende, die man nicht missen möchte, immer sehr anregend, unterhaltsam, es gibt soviel gescheite Leute, und nachher auf dem Heimweg kommt das fade Gefühl, Regen im See, der sonst die Sterne spiegelt, die marmorne Stille der schlafenden Schwäne schaukelt. Zu Hause dann, wortkarg und unschlüssig noch dem Schlaf gegenüber, der an der Zeit wäre, trinkt man einen Kirsch oder zwei, als läge es etwa im Gaumen ...
»Bin«, sage ich dann, »woher kommt es, daß wir alle einen Knacks haben, fast alle?«
»Knacks?«
»Knacks«, wiederhole ich, »man kann es anders kaum nennen ... Eben denke ich an den lieben alten Herrn, der uns zu einer Flasche einlud. Ein Mann mit weißen Haaren, den es drängt, seine vergangenen Verdienste abzustauben. Meine jungen Freunde, sagt er, auch ich habe einmal! Ein

Mann mit weißen Haaren, so nahe vor der Schwelle des Todes und immer noch, immer noch das Bedürfnis, verehrt zu werden. Wann, fragt man sich, wann werden wir denn reif und frei? Es war ein melancholischer Anblick . . . Ich kenne einen andern; der erzählt uns oft, wie schön es gewesen sei, dies und das, er redet von der Jagd, vom Krieg, der ihn in fremde Länder gebracht, oder von Pferden; er erzählt nicht, wo er rühmlich, sondern wo er glücklich gewesen ist. Und Glücklichsein, das gilt ja nicht als Leistung, die uns Ehre einträgt. Du spürst es: der Mann, der so erzählt, er ruht in seinem Gelebten, im Vollen eines Tuns, das voll genug war, das keiner Ehren bedarf, um ihn zu stillen – seine Haare, wenn er solche noch hätte, wären auch weiß, aber nicht melancholisch.«

»Gewiß nicht.«

»Oft schon, nach einer Gesellschaft wie heute, sagte das Gewissen zu mir: Suche den Freund, der Leute schätzen kann, die ihn – und er weiß darum – ihrerseits durchaus nicht schätzen. Das wäre ein Mensch ohne Knacks, zum Beispiel.«

»Verstehe –«

»Ich habe ihn gesucht! Aber umsonst, auch in mir selber umsonst. So plump, daß wir jeden, der uns seine Achtung versagt, einfach an den Pranger reißen, so einfach und plump sind wir ja nicht, oder nur selten, nur in den reineren Stunden der Leidenschaft. Was ist es im Grunde schon anderes, daß wir stets die Leute suchen, deren Achtung uns gewiß scheint? Es ist derselbe Kniff, nur feiner; ihm danken wir Zirkel und Zünfte ...«

Bin hörte zu.

»Das fade Gefühl auf dem Heimweg«, fuhr ich fort, »schon manchmal habe ich versucht, darüber nachzudenken. Noch der größte Narr wird eines solchen Abends erleben, daß sich einer an seinen Tisch setzt, ihm eine gewisse Verehrung anträgt, ganz schlicht und auf eine bestechende Weise verlegen; nämlich er möchte selber geschätzt sein, der andere. Er weiß, wie schwer wir werden widerstehen können, es wird uns schon ordentlich leid tun, ihn klein zu finden oder gar blöd, und es mag sein, daß wir uns jahrelang gegen das Mißtrauen sträuben, das uns über die Schulter grinst: Der Mann, sagt das Gewissen, er schätzt dich zwar nicht aus Kenntnis deiner Person, leider nicht, sondern aus Bedürfnis, zu schätzen und geschätzt zu werden, aus einem sehr ehrlichen Bedürfnis, – der Arme.«

Bin hörte zu, immer noch.

»Oder ist es nicht so?« fragte ich, »alle möchten geschätzt sein.«

Bin sagt:

»Ich glaube fast, es fehlt euch allesamt ein wenig der liebe Gott, nichts weiter. Nirgends aufgehoben, sehnt jeder sich nach der sicheren Achtung von seiten der Menschen – so sehr, so dringlich und aufdringlich, daß er alles darüber vergißt, sogar seine natürliche und vorhandene Liebe zu ihnen, das, was ihn allein von seinem dürren Geiz befreite. Ehrgeiz ist ja auch nur ein Geiz, und nichts, da hast du recht, nichts macht uns so einsam voreinander wie unser Ehrgeiz. Es fehlt so ein Ding, das die Achtung wohl aller besäße, eine zweifellose und gemeinsame Achtung für jeden Fall. Dann erst könnten wir wie Männer und freie Geister, nämlich sachlich und liebend, über die Dinge sprechen, sogar über die eigenen ... ich glaube wirklich, es fehlt uns nur am lieben Gott.«

Er klopfte wieder einmal seine Pfeife aus, da er das sagte; hinten am rechten Absatz, indem er dazu einen Augenblick stehenblieb. Dann gingen wir weiter.

Ich will nun versuchen zu erzählen, wie es war, als wir zu den ersten Häusern von Peking kamen.

Natürlich war es auch Herbst –

Ich hatte noch einmal zurückgehen müssen. Mit Schrecken war mir eingefallen, das Wetter könnte umschlagen, und die Rolle, die ich hinter einem moosigen Stein versteckt hatte, würde naß. Es war immerhin eine sehr wichtige Rolle, wenn man weiß, was für eine Arbeit dahinter steckt!... Auf jeden Fall mußte ich die Rolle wiederhaben. Am Ende, fiel mir ein, kämen noch die Ziegen dazu. – Bin wartete.

Leute kamen des Weges, Gesichter, als wüßten sie nicht, wie nahe am Glück sie wohnen, wie offen die Tore uns stehen. Man hätte stutzen können, wie sie des Weges kamen, Krämer, die eben auf dem Markte waren, Kulis, die ihre Lasten trugen, die auf den Boden blickten, damit sie nicht stolperten und das Genick nicht brachen unter ihren Lasten, Herren auch, die sich in einer Sänfte tragen ließen, lächelnd, fächelnd. Man hätte stutzen können. Sie gafften mich an, die Träger, die Herren – man hätte sie packen mögen, den ersten besten, einen Wasserträger zum Beispiel:

»Mensch, Freund, wissen Sie es denn nicht?«

»Was?«

»Wie selig, wie herrlich, wie wunderlich das Leben sein kann, sehen Sie es denn nicht? Ein solcher Morgen ...«

Er glotzte mich an. Sie wohnen in Peking, dachte ich, und wissen es nicht!

»Nur einen Augenblick!« sagte ich zu Bin, »ich werde fragen, ob ich meine Rolle nicht einstellen darf –«

In diesem Sinne trat ich vor das nächste beste Haus; bereits hatte ich an den schönen chinesischen Gong geschlagen und wartete, wartete ... Das Wesen, das mich mit höflichen Gebärden zum Eintreten gewissermaßen gezwungen hatte, war verschwunden; ich stand mit der Rolle in der Hand, wie man eben in einer fremden Halle steht, scheinbar gelassen, im Grunde ein wenig bekümmert um die Zeit, die nun wieder verlorenging. Vor allem das Gefühl, daß Bin draußen wartete, war mir peinlich, erfüllte mich mit einer gelinden Unrast, mit einem gewissen Aberwillen, der mir verbot, mich weiter in dem fremden Hause umzusehen, wie es einer von unserer Gilde sonst tut. Ich hatte gehofft, man würde mir die Rolle einfach abnehmen, begreifen und nicken, drei Worte und weiter. Nach und nach, da niemand kam, fing ich doch an, mich umzusehen. Es war eine schöne, sogar sehr schöne Halle, wenn man so sagen darf, denn sie war von der Art, wie ich sie schon oft hätte bauen mögen, und wie sie, das war der Witz, in meiner leidigen Rolle ganz ähnlich entworfen war. Ein wenig zwar, bemerkte ich, war alles doch anders. Das Fenster zum Beispiel, jener lockere Durchblick in den Garten und in die Ferne, den ich mir immer als einen Schleier von Sprossen, ein zierliches Gitter vor der Erwartung gedacht, hier war er groß und leer, geheimnisvoll, zu offen, zu wenig sparsam, geistlos. Ach nein, so war das nicht gemeint! Und auch die Pflanze, die mit ihren grünen Arabesken vor einer stillen Wand steht, vor der Helle eines rauhen Putzes: wie aus der Skizze geschnitten, nur viel zu klein, lächerlich, peinlich. Überhaupt befiel mich ein heimliches Entsetzen, obschon jedes einzelne Ding getreulich stimmte, so, als hätte es ein Fremder ganz schamlos aus deinen Plänen genommen, nur nicht aus deinem Sinn. Es fehlt der Maßstab, das Verhältnis, nichts anderes als dies, worauf es ankommt. Man trocknet sich Stirne und Nacken. Auch das, schien mir, hatte ich schon einmal erlebt, diesen Hohn der Verwirklichung, dieser feindselige und bösartige Eigensinn alles Fertigen. Die Treppe in meinem Rücken, sie wollte überhaupt nicht mehr aufhören und kletterte und kletterte, so gut gefiel sie sich selber, kletterte in immer weiteren und höheren Spiralen, lange schon sinnlos, eitel auf ihr Geländer –

Endlich kam jemand zurück.

»Verzeihen Sie!« sprach ich, »vor Ihnen steht und verbeugt sich ein Fremdling, der nicht weiß, was hierzulande Sitte ist. Allein ich hoffe sehr, daß meine Frage, die vorzubringen eine ebenso wunderliche wie glückliche Lage mich drängt, in Ihrem Lande nicht ein Frevel sei –«

Noch einmal hielt ich die ganze, ziemlich lange Rede, Wort für Wort, wie ich sie schon einmal dem weiblichen Dienstboten gehalten hatte. Zum Schluß sagte ich etwa:

»In diesem Sinne, Herr, verbeuge ich mich zum drittenmal, so gut ich es vermag. Drüben verbeugen wir uns nie. Drum haben wir auch Angst, ach, vor so vielem. Noch vor dem eigenen Traum, den wir nicht verstehen. Hier, weiß ich, bin ich im alten Lande des Traums; man lacht mich nicht aus, wenn ich sage, daß ich nur durch die Mittel des Traumes an diesem ersehnten Ort bin. O Herr, wo wären wir wirklicher! Zu lange haben wir den Traum aus uns verstoßen; er lebt ohne uns, wir ohne ihn. So sind wir niemals ganz. Ich weiß nur, unter wirklichen Menschen, unter schöpferischen Völkern ist alles das anders ...«

Nachdem ich diese Worte gesprochen, erhob ich mich aus der Verbeugung, die mir wohlgetan hatte. Es war ein Diener, diesmal. Er blickte mich an, dann führte er mich die entsetzliche Treppe hinan.

»Es ist«, sagte ich in einem anderen Tone zu ihm, »wirklich eine sehr wichtige Rolle –«

Was kümmerte das den Chinesen!

Als nächstes wusch ich nun die Hände. Herrgott! denke ich, dieweil ich so die Hände seife, am Quietschen des Schaumes mich freue und dann,

da es soweit ist, die Gelenke unter einem schmalen Strahl von Wasser drehe: Herrgott! denke ich und trockne die Hände an einem langen Tuch, das mir die wortlose Dienerschaft reicht: Herrgott – wozu das alles?
Und wieder das nächste:
Wir sitzen in einem Zimmer.
»Eigentlich«, sagte ich, nachdem wir eine ganze Weile gesessen hatten, »eigentlich wollte ich nur meine Rolle hier einstellen, im Vorübergehen ... Auch habe ich, wenn ich so sagen darf, sehr wenig Zeit.«
Die Tochter des Hauses, die so viel Güte oder Sitte hatte, mit dem Fremdling zu warten, langweilte sich deutlich, spielte mit ihrem Fächer, während wir warteten; aber sie hatte die königliche Ruhe ihrer Jugend, deren Reich noch so groß, so unabsehbar ist: sie bangt nicht, geizt nicht mit jeder Provinz ihrer Zeit ... Draußen war es ein betörender Abend. In den herbstlichen Gärten lag eine Wärme, die nur das Auge noch wahrnimmt und kostet. Die Blumen der Nähe, die letzten im Garten, Astern, welche die sinkende Sonne durchglomm, sie standen wie Sterne aus

Blut. Das alles war schön. Es dämpfte mein Warten. Die Luft solcher Abende, sie ist wie ein blinkendes Gespinst, ein Glitzern von goldenen Fäden; geisterhaft rinnt es. Nichts ist zu halten, Wärme und Licht, o alles ist da, irgendwo rinnt es wie durch ein Sieb dieser Zeit. Es sickert in Schwärze der offenen Erde; es sammelt sich nirgends zur Hitze. Umsonst auch ist die Schale unsrer kleinen Hand; immerzu rinnt es ... Ich rauchte; ich verschränkte meine Beine, bis ich jedesmal wieder gewahrte, wie schmutzig meine Schuhe waren; dann aber, jedesmal, schob ich die Füße zurück unter den Sessel, klopfte Asche ab, versuchte ein Gespräch:

»Die Zeit ist ein sonderbar Ding«, sagte ich einmal, »es gibt sie, und gibt sie auch wieder nicht –«

»Wie meinen Sie das?«

Ich mußte nachdenken. Sie nimmt mich zu ernst, dachte ich, und ein wenig ärgerte es mich. Ich mußte wirklich nachdenken.

»Es gibt sie: ja – und es gibt sie auch nicht: ja – und doch sind wir alle, das ist der Wahnsinn, Sklaven der Zeit!«

Später fragte ich:
»Haben Sie auch schon Erinnerungen?«
Die kleine Chinesin errötete.
»Oh«, sagte ich, »so war das nicht gemeint ... Jemand sagte mir, daß Dinge, die wir für Erinnerung halten, Gegenwart sind. Es überzeugt. Dann wieder verwirrt es. Denn es nimmt den Dingen, die uns begegnen, schlechterdings die Zeit, und oft weiß ich nicht mehr, wo in meinem Leben ich mich eigentlich befinde. Das ist sehr abenteuerlich. Ich treffe Leute, die gar nicht mehr sind, und rede mit ihnen, liebe sie zum erstenmal. Es ist wie das Licht, das immer noch wandernde Licht von Sternen, die vor Jahrtausenden erloschen sind. Immer wieder begegne ich dem Mädchen, so, wie wir uns damals verloren haben; ein Mädchen wie Sie; aber damals, sage ich mir, waren Sie noch kaum auf der Welt. Das alles ist verwirrend. Dabei bin ich, soweit es jedem verliehen ist, bei lichterlohem Verstande; zum Beispiel denke ich oft und sage es mir auch: Offenbar sind es Erinnerungen, was du erlebst, nichts weiter, ein neckischer Anfall von Erinnerung, wir reisen durchaus nicht in einem Gefilde mit See-

rosen und schwarzen Büffeln, mit Kurtisanen und Goldfischen und Hirten, mit Engeln und Matrosen, und was uns sonst schon alles begegnet ist, sogar Heilige, sogar Tote, sondern ich erinnere mich nur, während ich nebenher ein ganz alltägliches Leben führe, und lange ist's her, und dennoch, indem wir uns eines Hirten erinnern, ist er im Augenblick da. Wer leugnet es? Ich bin glücklich, ich habe keinerlei Anlaß und kann nicht umhin wahrzunehmen, daß ich auf einmal sehr glücklich bin. Zum Beispiel. Oder auch melancholisch, je nachdem. Man weiß nur nicht, wo in seinem Leben man sich befindet.«

Das Mädchen zog die Brauen:

»Auch in diesem Augenblick nicht?«

»Nun«, sagte ich, »in diesem Augenblick –« Ich mußte mich erheben, die Mutter war eingetreten, eine Dame von warmer Würde. Man sah, sie hatte sich gekämmt und uns wohl darum lange warten lassen.

»Nehmen Sie Platz«, lächelte sie, »mein Mann wird jeden Augenblick kommen. Er ist auf die Jagd geritten.«

»Eigentlich«, sagte ich –

Sie lächelte noch einmal:
»Nehmen Sie Platz.«
Ich gehorchte.
Man setzte sich, ein Diener ging hin und her. Ich dachte an Bin, der draußen wartete, während wir nun, als wäre ich dazu gekommen, einen Tee tranken... übrigens blieb es nicht der einzige Tee, natürlich war es ein sehr guter Tee, und jedesmal bestaunte ich wieder die feinen Tassen, durchsichtig wie ein Abendhimmel schimmerten sie in deiner scheuen Hand, chinesisches Porzellan, echtes, daran war nicht zu zweifeln. Auch der Tee war echt, eine Wolke von goldener Helle und Duft, blumig, heiter und herb, im Hintergrund herb. Ich war nun offenbar ihr Gast, konnte haben, was mich lockte, und alles war sehr schön, so schön, daß man zu denken gar keinen ehrlichen Anlaß hatte, zu fragen, woher und wieso und wohin. Ich genoß es. Auch waren es, wie man von Chinesen erwartet, sehr höfliche Leute, die immerfort taten, als hätten sie schnurgerade auf deinen Besuch gewartet; ich wagte schon kaum mehr zu sagen, daß ich nur die Rolle unter ihrem Dach hatte einstellen wollen und so

weiter, denn der Herr, der in ganz auffallender Weise ein Herr war, blieb meinetwegen von jeder weiteren Jagerei fern, und da ich also niemand kränken oder auch nur mit einer Enttäuschung beschatten wollte, erwähnte ich mit keinem Wörtlein mehr das nahe Peking, das wirkliche Ziel. Im Herzen vergaß ich es ja nicht –

Eines Tages sagte der Herr:

»Verehrter und edler Freund, der Sie uns ebenso ehren wie beglücken, indem Sie unser Gast sind, von unserer Tafel speisen und unsere Muße mit uns teilen, den Duft unsrer bescheidenen Blumen atmen, den Schmetterling loben, der sich auf Ihrem Fuße niederläßt, und nicht minder den Fisch in unseren bescheidenen Gewässern und Teichen, – ich habe mit Schrecken vernommen, was unsere Seele, der Ihre Muße teuer ist, nicht glauben mag! Meine Tochter, das erschrockene Kind, hat mir unter Tränen erzählt, Sie wären ein Sklave. Sie hätten es selber gesagt.«

»Wir sind es alle.«

Wir saßen bei einem Frühstück, das die herbstliche Sonne beglänzte, so lieblich und appetitlich, daß einem das Herz jubelte über soviel leckeren

Dingen, die es in diesem Lande oder wenigstens in diesem Hause noch gab. Hatte uns das Märchen schon einmal entführt, so ließ es sich nicht lumpen; es schickte den Diener mit Fischen und Früchten, mit feinen Likören, aber auch mit einfachen Dingen, mit Butter und weichen Eiern, mit Schinken und Lachs, mit Zwieback und englischer Marmelade, mit Zucker, mit Kaffee. Ich glaube, ich futterte ohne Stil und Sitte durcheinander, und der Herr, mein Gönner, tat mir nun leid, denn er blickte mit Entsetzen auf seinen Gast und teuren Freund, der sich, wie ich mich wohl erinnerte, selber einen Sklaven genannt hatte. Bald war ich der einzige, der trank, schnitt und strich und unverdrossen aß und wieder trank ...

»Wir sind es alle, fast alle«, sagte ich milder, als ich ein nächstes Mal nichts im Munde hatte, »wir leben wie die Ameisen, drüben im Abendland. Und wir könnten Menschen sein, so herrlich wie ihr ... Einst, denken Sie, waren wir schon Kinder! Wir sahen Schmetterlinge auch bei uns, wir standen unter einem silbernen Wasserfall, nicht anders als die beiden Weisen auf eurem edlen

Bilde. Wir hatten Zeit wie sie, Muße, wir tauchten den Arm in den munteren Strahl, genau so. Heute ist es ein Bild an der Wand, bestenfalls. Wir sahen den huschenden Glanz im Innern der Muschel. Wir sahen alles. Wir hielten die Muschel ans Ohr; wir hörten das Meer. Wir hatten Zeit! Ich weiß nicht, wer sie uns genommen hat. Ich weiß nicht, wessen Sklaven wir sind. Wir leben wie die Ameisen, drüben im Abendland.«

Ich erzählte von drüben.

»Wir nennen es die Wochentage. Das heißt, jeder Tag hat seine Nummer und seinen Namen, und am siebenten Tage, plötzlich, läuten die Glocken; dann muß man spazieren und ausruhen, damit man wieder von vorne beginnen kann, denn immer wieder ist es Montag –«

»Wie entsetzlich!« meinte die Dame.

»Ja«, nickte ich, »so darf man es nennen.«

»Wer zwingt sie denn dazu?«

»Wer ...?«

»Wird es den Menschen nicht schwindlig dabei?«

»Schwindlig?« sagte ich, »Gewöhnung ist alles.

Wir können uns ein Dasein ohne Wochentage gar nicht vorstellen. Sie werden nun denken: Das ist ja ein Dasein, das sich nicht lohnt... und doch weinen sie, wenn einer stirbt. Überhaupt ist alles voll Widerspruch und Widersinn, ganz komisch. Unsere Seele gleicht einem Schneeschaufler, sie schiebt einen immer wachsenden, immer größeren und mühsameren Haufen von ungestilltem Leben vor sich her, macht sich müde und alt, das Ergebnis besteht darin, daß man dagewesen ist, und dennoch setzen wir alles daran, daß wir möglichst lange nicht sterben. Wir erfinden Mittel um Mittel, denn bei alledem sind wir klug, fleißig, wir arbeiten wie die Ameisen –«

Hierzulande, sah ich, lächelte sogar der Diener über ein solches Dasein; er räumte ab, stopfte uns die Pfeife.

Oder wir ritten –

Oft, wenn wir so morgendlich ritten, hielt ich Umschau mit heimlichen Blicken, denn ich spähte nach Bin, und ich tat es halb mit dem Wunsch, ihm sagen zu können, wie es mir mit meiner leidigen Rolle, die ich hatte einstellen wollen, ergangen war. Und daß ich nun, sowie es die

chinesische Höflichkeit zuließe, bald wiederkäme. Halb war es mir lieber, wenn Bin mir nicht begegnete. Im Gedanken an Bin, der sich durch Gestrüppe futterte, schämte ich mich plötzlich der seidenen Gewänder, und jedesmal, wenn einer uns grüßte – sie beugten sich so tief, daß man ihr Gesicht nicht mehr sah, beugten sich vor den reitenden Herren, vor unseren seidenen Gewändern – jedesmal hatte ich den traurigen Schrecken, das könnte Bin gewesen sein!
Eines herbstlichen Morgens, als wir wie immer auf einer milden Anhöhe hielten, die noch zum Gut meines vermöglichen Gönners gehörte, lag wieder der Nebel vor uns, der die Weite verhängte, wie immer, ein Dunst wie über den heimatlichen Seen, ein Puder von kupfernem Herbst. Ich hoffte stets, daß es endlich einmal aufreißen möchte, und das Meer, das wirkliche, läge vor uns, das grenzenlose, das die schwebende Kugel unserer Erde umspült... Im stillen hoffte ich es stets, sooft wir auf dieser freundlichen Anhöhe weilten, die lassen Zügel in den Händen hielten und schwiegen, oder wir tätschelten das brave Pferd. Vor uns stieg sein edler Hals, der

Scheitel seiner Mähne, und man saß wie auf einem schnaufenden Berg. Manchmal girrte der Sattel, das Lederzeug. Aber wir schwiegen. Denn ich mochte nicht unhöflich sein und ihm, meinem Gastgeber, von meiner Sehnsucht reden, das Meer betreffend, das wirkliche, das schrankenlose, das in den Buchten brandet, das um die letzten Inseln gischtet, das draußen in den Himmel mündet. Auf einmal sagte der Herr:
»Der Fürst wird dieser Tage kommen. Ich hatte ihn auf unsrer Jagd getroffen –«
Der Fürst? Da wir am Vorabend von Peking wohnten, konnte es nur der Fürst von Peking sein, sagte ich mir. Eigentlich war ich in dieses Haus getreten, um meine Rolle einzustellen.
Wir ritten zurück.
»Keine Sorge!« lächelte ich nicht unverbindlich, als ich die Bedenken meines freundlichen Gönners erriet, »wohl bin ich ein Demokrat – wir sind es allzumal in der schmerzlichen Einsicht, daß es bei uns drüben keine wirklichen Fürsten gibt! So muß das Volk zum Guten sehen. Ob es das Beste ist, wer weiß es! Bei euch ist alles anders: ein wirklicher Fürst, ein wirkliches Volk...

Wir drüben, wir haben nur das Volk und seine Reichen; das macht das Volk gemein.«
»Wieso?«
Nichts mehr davon ... Am Vorabend von Peking laßt uns an anderes denken. Wir dürfen es! In Peking, denke ich, können all solche Dinge nicht vorkommen, die jeder von uns kennt, so, daß sie ihm in der Galle liegen. Hier ist alles anders. Wolkenlos, wie ein Abend in südlicher Fremde, leuchtet unsere Freude über den Gärten, die schön sind, denn sie gehören den Rechten; unsere Gewissen sind ferne und still wie die Sterne, unsere Herzen aber plätschern und plaudern wie das Spiel einer zierlichen Wasserkunst. Wir kommen an Teichen vorbei, Arm in Arm, wir schauen die rötlichen Fische, die schlafen, Wipfel im Spiegel der wässernen Tiefe. Das alles ist schön. Abend in windlosen Lachen ...
Ich nenne sie Maja, die junge Chinesin, die in meinen Träumen so weit geht, zu küssen. Allein im Garten, als unversehens die Dämmerung sank, kamen wir einmal zu einem schmalen Steglein von geflochtenem Bambus; ich bot ihr die Hand, führte ihre siebzehn Jahre herüber, und sie war

zierlich wie auf einem Holzdruck von Hiroshige. Überhaupt gefiel uns der Augenblick sehr, so, daß unsere Hände sich lange noch hielten. Ich glaube, ich liebe sie auch im Wachen, und es wäre ebenso verlockend wie dumm, ihre jugendlichen Reize zu schildern. Wir standen nun vor dem mondenen Weizen, sie spaltete das Korn zwischen dem Elfenbein ihrer Zähne. Ihr schwarzes Haar um den Nacken, und der Mondschein dazu – ein Glanz von Mondschein lag wie eine schmale, kühle Spange darauf – da zweifelte ich nicht mehr, daß sie es war, heute wie je, daß wir uns kannten.

Maja sagte:

»Sie haben wohl schon viel erlebt?«

»Warum?«

»Sie sind mir gut«, sagte sie –

»Oh!« antwortete ich.

»So sagen Sie mir eines: –«

Es wäre nicht schön, nicht edel, wenn man die Worte, die das Mädchen mir schenkte, wenn man die Frage, die sie mir stellte, noch einmal verschenkte. Genug, wir standen vor dem mondenen Weizen, da sie es wissen wollte. Und wir knackten das unreife Korn zwischen den Zähnen, beide. Es waren Fragen, wie nur die Jugend sie stellt; ihr Mut ist ein wenig beschämend. Man lächelt. Sie weiß nicht einmal das, die Jugend, daß ihre Fragen ja das schönste sind, tiefer als alles, was sich jemals für eine Antwort hält, lebendiger, wahrer ... Maja stellte mich plötzlich in ihre großen Augen, ausweglos, als müßte man, nur weil man älter war, die Antwort wissen.

»Sagen Sie es offen«, bat sie, »gibt es ein Land, wo all dies möglich ist? Sie sind gereist. Oder sagen Sie es mir, wenn meine Sehnsucht dumm ist –«

»O nein!«

»Gibt es das?«

»Die Sehnsucht ist unser bestes –«

»Reden Sie offen!«

»Die Sehnsucht«, sagte ich, »kenne ich wohl –«

»Ich frage nach dem Land.«

»Sehen Sie«, sagte ich, »für mich ist es Peking. Sie lachen vielleicht. Am Ende ist es ein Wort, nichts weiter, eine goldene Ahnung, und man sagt mir, die Ahnung sei vollkommen falsch. Peking liege überhaupt nicht am Meer, erstens.

Meilen lägen dazwischen, sagt man, und dennoch erschrecken sie mich wenig, diese paar Meilen. Vor kurzem traf ich einen Mann, der schon einmal in Peking gewesen sein will, ich hörte ihm einen Abend lang zu, wie auf die Folter gespannt, denn ich mochte mich nicht verraten, nicht fragen. Er erzählte von Waren, von Seuchen, von Handel und Sitten, von Preisen und Göttern, von Bahnen, von Speisen. Von blauen Vögeln, die darüber kreisen, sagte er kein Wort ... Sie lachen vielleicht! Sie sind hier zu Hause, so nahe den Toren und Türmen von Peking, und sicher sind Sie schon öfter in Peking gewesen. Unsereiner aber –«

»Peking?« sagte sie, und sie lachte wirklich.

»Wissen Sie, bester Freund, wie weit es nach Peking wäre?«

Ich starrte sie an:

»Weit?« fragte ich –

Ein Diener, der sich mit pendelndem Zopfe verbeugte, bat uns zum Tanze, und in der Tat, das Fest war schon munter im Gange ... Der Fürst lächelte aus dem bleichen Mond seines fetten Gesichtes ... In chinesischen Landen, das wußte ich wohl, galt es durchaus nicht als Schande, wenn einer fett war, im Gegenteil, es war das Zeichen eines vornehmen Mannes schlechthin und war es offenbar ohne Herausforderung, ohne Hohn gegenüber dem Volk, das sich gerne und mit dem Genusse der Überzeugung davor verbeugte; denn fett sein konnte nur, wer reich war, und reich sein, das war der Punkt, konnte hierzulande nur der Vornehme, der Edle ... Der Fürst also lächelte aus dem vollen Mond seines fetten Gesichtes. Es entschwand meinen Blicken indessen sehr bald, indem ich mich, der Sitte nicht ungern gehorchend, ebenfalls verbeugte und in eben dieser Verbeugung, als ich den Gutsherrn reden hörte, beinah erstarrte.

»Dieser da«, sagte der Gastherr, »ist der Erbauer unseres schlichten Hauses, das die unverdiente Ehre hat –«

Mir nachtete es vor den Augen.

Das geistlose Fenster, das vor seiner eigenen Leere gähnte, immerzu, die Pflanze, die einfach zu klein war, die entsetzliche Treppe mit dem eitlen Geländer, das nicht aufhören wollte ...

»Maja«, sagte ich, »ich muß dich verlassen.«

»Warum?«

»Noch bin ich nicht am Ziel –«

»Aber ich denn?«

»Fliehen wir, liebes Mädchen, fliehen wir!«

»Wann?«

»Es ist entsetzlich –«

Es ließ sich, so sehr ich es im ersten Schrecken versuchte, nicht leugnen: es war das Haus, wie es in der Rolle stand, die ich hatte einstellen wollen. Man tanzte darin, man aß darin, man lachte und lächelte, man schlief darin ... Alles Fertige, sagt man, alles Fertige hört auf, Behausung unsres Geistes zu sein. Man könnte auch sagen: Ein weises Wort, eine bessere Ausrede ... Draußen, als es dämmerte, saß ich noch lange im Mantel einer grauen Enttäuschung, die Hände in den Taschen. So steht es denn da, unser Werk, so steinern und fremd, so eigenmächtig, so ein für allemal. Es sieht dich an, ohne zu nicken, ohne zu lächeln, so, als hätte man sich nie gekannt; ohne zu danken und ohne zu verzeihen. Nachdem man es lange betrachtet und auch die ersten Schrecken überwunden hat, sagt man sogar: Es ist nicht schlecht, man kann nicht sagen, es ist schlecht! Es erinnert an dieses und jenes, was uns im Entwerfen, da es noch ein Einfall war, erfreut und beglückt hat. Und dennoch ist es trostlos ...

Ein alter Gärtner, der eben die Hecke geschnitten hatte, wischte das scherblige Laub zusammen; ich wartete, bis er näher käme, ich hockte auf der Mauer und wartete, betrachtete den Gang seiner herbstlichen Arbeit. Über den Wiesen stieg Nebel wie eine leise Sintflut, Gerippe von Bäumen schwammen darin; ich blieb, ich hockte auf dem nassen Laub, fröstelnd, die Hände in den Taschen.

»Hm«, sagte ich zu dem Gärtner, »ein schönes Haus, ein sehr schönes Haus!«

»Gewiß, Herr.«

»Das heißt«, sagte ich, »das Dach ist zu groß, will mich dünken. Das Dach ist lächerlich. So ein kleines Haus und so ein großes Dach, ich finde das läppisch.«

Er blickte hinauf.

»Sie finden das schön?« fragte ich.

»Man findet das schön, gewiß, Herr.«

Er wischte das Laub, sammelte es in seine grüne

Schürze, verbeugte sich und ging, seinen Pflichten hörig, und ließ den Fremdling allein. Es roch nach Abend, nach Herbst der Felder, nach Fäulnis von Früchten, die lange schon gefallen und verdorben sind. Ich spielte mit der braunen Mumie von einer Birne, die gerade auf der Mauer gelegen hatte, und sagte:

»Bin, du hast recht –«

»Womit?«

»Wir sollten sehen, daß wir weiterkommen.«

Natürlich war Bin durchaus bereit ...

Aber drinnen im Haus war das Fest, wo ich ja ebenfalls saß, ein Umstand übrigens, der mich durchaus nicht verwunderte; man sah es ganz deutlich durch die erleuchteten und großen, viel zu großen Fenster, ich saß neben dem chinesischen Fürsten, dort drinnen; er lächelte aus dem vollen Mond seines fetten Gesichtes, und das Fest konnte noch lange dauern. Der Fürst erhob sein Glas, alle erhoben es, man trank.

Bin fragte:

»Worauf warten wir?«

»Worauf?« lachte ich bitter, »auf mich –«

Ich trat noch näher ans Fenster, um besser zu

sehen, und es mochte ja sein, daß es einen Augenblick gab, wo ich mir winken konnte. Gerade jetzt schien es allerdings nicht günstig; der Fürst redete längere Zeit mit mir, und ich sah nur, wie ich öfter nickte. Der Fürst, zeigte es sich, hatte großes Gefallen an dem Haus. Vor allem das Dach, ja, das gefiel ihm ganz besonders. Später redete er von einem neuen Palast; der alte wäre ihm schon lange verleidet und würde ohnehin, gemessen an seinen Bedürfnissen, immer kleiner ...

Draußen, zu Bin, flüsterte ich:

»Wie ich es als Bub mir gedacht habe!«

»Was?«

»Eines Tages käme ein Fürst und sagte, bauen Sie mir einen Palast, aber möglichst groß!«

Wir lächelten ...

Drinnen stießen sie abermals an, und es konnte kein Zweifel sein, die Sache mit dem Palast war in Ordnung; man sah, wie der Fürst noch einmal mit verbindlichem Gönnertum nickte, ich aber hatte Ohren wie ein roter Krebs, und mir zur anderen Seite saß ein freundlicher Kanzler des Fürsten, ein kleiner Dicker mit einem pfiffigen

Zwicker, den er manchmal an seinem Zopfe abrieb und putzte; dieser nette Kanzler hatte das Gespräch vernommen, hellhörig wie er von Amtes wegen war, er hob sein Glas, um anzustoßen, und sagte mit einem unerwarteten Verständnis:
»Nimm es nicht schwer!«
Beide tranken –
»Nimm es wirklich nicht schwer«, sagte er freundschaftlich, indem er seinen Schnurrbart trocknete: »Es ist gerade kein andrer vorhanden, wie so oft in der Geschichte – so kommen wir alle, sind wir erst alt genug, zu Würden und Wirkung, im stillen verblüfft, wie leicht es ist, wie lächerlich billig, was unsrer Jugend so groß und so schwer schien, im stillen benommen, wie viele Aufgaben in der Welt und wie wenig Männer es offenbar gibt, daß man unsrer bedarf.«
Sie stießen noch einmal an, der Kanzler und ich. Das Mahl ging weiter, und der Fürst, als die ersten Platten kamen, zog eben seine Maske ab, legte sie wie ein verbrauchtes Mundtuch neben den Teller und trocknete sich die Stirne, denn er schwitzte.
»Heiß«, sagte er, »heiß.«

»Gewiß, Durchlaucht.«

Man brachte nun ein Gehügel von Reis, gelb wie die Wüste, und dann, als die Reihe an mich kam und ich eben meine liebe Not hatte, nichts Dummes anzurichten, wo nun die Maske des Fürsten so nahe neben meinem Teller lag, wandte der Fürst sich abermals zu mir, sichtbar erleichtert, nunmehr von anderen Dingen plaudern zu können.

»So«, sagte er, »Sie stammen also aus Weggiswil?«

»Gewiß, Durchlaucht.«

»Da war ich auch einmal –«

Nun kam das Fleisch.

»Kennen Sie«, fragte der Fürst, »einen gewissen Hühnerwadel?«

Man sah von draußen, wie ich stutzte.

»Wir haben, Durchlaucht, der Hühnerwadel viele.«

Der Fürst nahm Fleisch.

»Isidor hieß er –«

Platte folgte auf Platte, man mußte ordentlich aufpassen, und mehr als einmal sahen wir von draußen, wie ich mit dem Reis schon hatte beginnen wollen; jedesmal konnte ich die Stäbchen gerade noch zurücklegen, wenn die nächste Platte nahte ... Isidor Hühnerwadel, so einen gab es allerdings in Weggiswil, leider Gottes, ein Schürzenjäger, dem nichts zu schmutzig war, jedenfalls prahlte er in allen Wirtschaften mit seinen Abenteuern, und offenbar war es mir drinnen ein wenig peinlich, daß sich der Fürst, dessen Palast ich vielleicht würde bauen dürfen, gerade an diesen Hühnerwadel erinnern mußte, der ein Saukerl war, ja, ich sah mir eine ganze Weile zu, wie ich Unkenntnis heuchelte, auch immer wieder auf höfliche Weise versuchte, von chinesischen Belangen zu reden.

»Herrgott!« sagte der Fürst, »Sie müssen ihn kennen, so ein fideler Kerl! Haben Sie niemals von der Geschichte gehört ...«

Da es sich indessen nicht schickte, daß der Fürst nur immer mit seinem Nachbarn redete, geschah es, daß er die Geschichte von dem fidelen Hühnerwadel, wie er ihn zu nennen geruhte, dem ganzen Bankett erzählte, oder wie man etwa sagen würde, zum besten gab.

»Eines späten Abends«, sagte der Fürst, »als

alles schon schlief und auch die Magd in ihre Kammer ging, ein blutjunges Ding, keusch wie ein Märchen – sie riegelte ihre Tür zu, als wäre sie allein in der Kammer, dann suchte sie die Kerze . . .«

Draußen hörte man die Geschichte nicht, sah aber, daß es eine Zote sein mußte; die Leute am Tisch, sogar die Damen, die anfänglich verletzt und errötet erscheinen mochten, wieherten vor Lachen, legten ihr Mundtuch ab, wie vorher der Fürst seine chinesische Maske, sie schoben sich von ihren vollen Tellern ein wenig zurück und krümmten sich, wieherten vor Lachen. Der Fürst aber, ermuntert von seinem Erfolg, erzählte weiter . . .

Draußen biß ich auf die Lippe:

»Merkst du denn immer noch nichts?« sagte ich zu mir, »merkst du denn immer noch nichts?«

An Peking zu denken, bald wag ich es nicht mehr. Unser Dasein ist kurz und Peking so weit! Am ersten Abend, als ich Bin an der chinesischen Mauer getroffen, schien es ganz nahe, eine Stunde vielleicht oder zwei oder drei, man sah doch die blinkenden Türme, die Dächer, die Brücken und kräuselnden Buchten, die Segel im Winde, die blauen Vögel darüber, die kreisen – wir gingen den Fußweg hinab, den nächsten, Bin futterte Beeren, und man sah, daß es Tagreisen sein würden. Noch oft, nicht minder klar und wunderbar, sehe ich die Nähe seiner uralten Türme, seine Sonne über dem Meer, seinen blühenden Lotos! Plötzlich zweifle ich, ob mein Leben noch hinreicht.

Das nächste Mal, als wir aufgebrochen, war es ein kühler Morgen; Bin hockte vorne am Bug, seine Beine pendelten über die Barke, und wir warteten lange auf den Wind, der uns hinübersegeln sollte; der morgendliche Nebel war verschwunden, und das Wasser, das ich so lange für ein Meer hatte halten wollen, lag wie ein glattes Glas, und keine Welle raschelte um unsere Barke. Immer noch oder schon wieder, wer weiß es, war es Herbst; sein Licht versank wie eine blinkende Münze in die grünliche Kühle der Seen, und das Netz seiner Spiegelung, noch geistert und zuckt es über unser besonntes Segel, aber seine Gluten sind lange verloren.

»Sie sind so still?« sagte Maja, »und ich bin so jubelvoll glücklich! Denken Sie, nun ist es ja wirklich, o Freund, wir fliehen – ich bin noch nie, solang ich lebe, noch nie an jenem anderen Ufer gewesen, nie!«

»Wirklich?«

Bin rauchte seine Pfeife, er ließ es über seine Schulter räucheln, und Maja, die auf dem Rande der Barke saß und nach dem Wimpel blickte, der uns den Wind anzeigen sollte, sie saß und blickte, stumm, jubelvoll in Erwartung, ergriffen vom Abenteuer ihrer ersten Flucht: Maja mit der Zeit ihrer kindlichen Jugend, Bin mit der Zeit eines Geistes . . .

So fahren wir hin.

Denn ein wenig windete es nun wirklich.

Was wird uns das andere Ufer schon bringen! dachte ich im stillen; hinter jedem Ufer, das aus dem Nebel tritt, schwebt ein nächstes. Ich glaube, ich werde älter; so jung schon fängt das an.

Einmal saßen sie auf einer abendlichen Terrasse, Maja und der Mann, dem wir die Rolle eines erzählenden Ich überbürdet haben, um keine Namen nennen zu müssen, und es war schön, es war ein Ufer mit Bänken und Geländern, mit Laternen, mit Tafeln und Verboten, mit öffentlichen Blumen und Platanen und geschlungenen Weglein, mit Plakaten, mit langsam gleitenden Schwänen, mit einem Paradies von Teestuben, Sonnenstoren und bunten Sesseln aus geflochtenem Stroh; Kellner lehnten im Krähenschwanz ihrer Fräcke –

Jemand nahm auch schon die Mäntel ab.

Der Mann oder Herr – wir hätten ihn auch Kilian nennen können – benahm sich für Augenblicke ein wenig hilflos, so, indem er die Hände rieb, die Hände in seine Rocktaschen schob: man mußte nun, und wäre es auch nur dem beflissenen Ober zuliebe, einen Platz finden. Inmitten der vielen Leute. Maja überließ es ganz ihm. Auch in der unmittelbar folgenden Frage, was man bestellen sollte. Er hatte durchaus das Gefühl, es könnte Leute geben an diesem Ort, die ihn kennen. Das machte ihn zerstreut, so daß er immer wieder einmal das Gespräch unterbrach, sich umblickte, dann wieder lächelte . . . Maja ist schön, sie ist es in einer fast übermenschlichen Weise, wie jeder glückliche oder auch nur erwartende, ohne Zweifel erwartende Mensch... Man brachte ein Getränk, das Maja nicht kennen mochte; man sog es durch neckische Halme, und Maja, obschon sie schwieg und sich nur immerfort umblickte, fand alles sehr köstlich. War es das Land, das sie gemeint hatte? In den Palmen raschelte es gläsern. Ihre haarigen Stämme kamen aus Töpfen; dennoch waren es für Maja die ersten Palmen, und der Mann kaufte sich nebenbei eine Zeitung, ohne sie allerdings in der lieben Gegenwart eines Mädchens aufzuschlagen. Kaum daß er die ersten Titel überflog. Was mochte in der Welt geschehen? Er steckte es, was immer es sein mochte, in die Tasche. Maja spitzte ihren Mund, steckte den Halm in das Glas, und über die Hülpen hinweg, die sie knabberte, forschten ihre Augen nach allem, was sich an dem Orte begab, und blickte man in den Spiegel ihrer jugendlichen Miene, gab es fast keinen, der ihrem vergnüglichen Spotte entging. Ein Jüngling, der Zigaretten verkaufte, war der einzige, den sie nicht wieder anschaute, nachdem sie ihn einmal erblickt hatte; ihre Miene war kein Spiegel mehr, eine Weile lang, sondern Haut, warm und trocken, Wangen mit Flaum, Elfenbein über Blut ... Um über die Ereignisse in der Welt zu sprechen, dachte der Mann, dazu fehlte ihrer Jugend nicht der Verstand, aber das erwachsene Bedürfnis, sich an einem größeren und allgemeinen Schicksal zu trösten, das uns die eigene Person ein wenig belangloser, die eigenen Versäumnisse ein wenig nichtiger macht. Er nutzte die Zeitung als willkommenen Fächer. Maja meinte:

»Sicher sind Sie hier schon einmal gewesen, oder ist es nicht so?«

»Warum?«

»Mich verwundert hier alles und jedes –«

»Gewiß«, kam er zuvor, »es erinnert mich an dieses und jenes. Die Erde ist so groß nicht, wie man meint; auch sie macht es mit Wiederholungen. Aber es ist doch immer anders, Maja – nichts kehrt uns wieder.«

Maja nickte:

»Sehen Sie, das glaube ich auch schon.«

Und sie nickte gerade noch einmal.

»Ja!« sagte sie entschieden, »das ist eigentlich das Schöne an allem, nicht wahr? Das macht es so aufregend, meine ich, so abenteuerlich, alles und jedes, nichts kehrt uns wieder, wie Sie sagen, noch diese Stunde, ein dummes Mädchen und Sie, ein erwachsener Mann, der alles schon einmal erfahren hat ... Ach«, lachte sie plötzlich, »Sie sind ja so rührend, wissen Sie.«

Er schwieg.

»Was mögen Sie nur denken von mir!« sagte Maja, »ich stehle Ihnen den ganzen langen Tag, und Sie hätten sicher ganz andres zu tun, ernste und gescheite Dinge, was weiß ich ... manchmal sind Sie so schauderhaft ernst.«

»Finden Sie?«

»Sie sagen so oft: Seither sind Jahre vergangen, und ich möchte so gerne einmal wissen, woran Sie das eigentlich merken.«

»Woran?«

»Es muß doch komisch sein –«

»Sehr. Man hat keine Ahnung, womit sie vergangen sind und was man eigentlich die ganze Zeit getan hat –«

»Vielleicht geht es mir auch so, einmal.«

»Vielleicht –«

»Aber was ich wissen möchte: woran man es denn merkt, wenn man älter wird?«

»Woran?«

Er besann sich.

»Zuerst an den andern«, meinte er, »das zuerst. Die Jugend wird immer jünger. Das ist das eine . . .«

Sie bestellten noch einmal ein Getränk.

»Und das andere?«

Er lächelte –

Bald nach jenem Abend, was niemand überraschen wird, hatte Maja ihn verlassen. Es überraschte auch ihn nicht. Sie geht, so dürfen wir annehmen, mit einem anderen weiter, und wir werden natürlich den Verdacht nicht los, daß es der Jüngling ist, der die Zigaretten verkauft hat. Gleichviel! Seine Rolle hatte sie an den Rand des Weges gestellt, damit er sie nicht vergesse, all die ernsten und gescheiten Dinge.

»Freund«, schrieb sie darauf, »es tut mir leid.«

Bin betrachtete den Zettel lange, drehte ihn wie

ein Schriftdeuter, las ihn noch einmal, dann sagte er:

»Sie hat dich geliebt, – weißt du das?«

Kilian wußte es durchaus.

(Das war das andere.)

O Wein, man trinkt dich wie Sonne und prikkelnden Schaum, Funken von Laune, nichts weiter, und nachher, unversehens, sind wir trunken, heiter vom Tiefsinn deiner lächelnden Schwermut; wir wanken, wir singen durch Gassen, laut, daß es hallt, oder wir zanken. Immerzu, leise wie eine Glocke aus Glas, weint es in uns. Lange noch, lange noch! Man trinkt dich, o Wein, nichts leichter als das . . .
Mit anderen Worten:
Ein wenig soff er wohl auch.

Oder es begab sich das Folgende:

Kilian saß im Konzert. Obschon er von der Musik nicht viel begriff, wie ihn dünkte, tat er es oft. Immer wieder geschieht es, daß er denkt. Er denkt an Menschen, deren Weg man gekreuzt hat, kürzer oder länger, an Landschaften, an Bilder aus verschütteten Träumen; aber er hört nicht. Er sitzt wie die Hörenden ringsum; aber er sieht ... Wasserfälle, zum Beispiel, ganz märchenhafte Wasserfälle, wie sie langsam über die endlosen Felsen schleiern, Muster eines Stoffes, Zweige in einem runden Glas, das Glänzen von nassen Geleisen, die sich verschleifen, dann wieder sind es Drähte mit wandernden Tropfen daran, Wiesen im Wind, ein immerzu und unaufhaltsam wachsendes Schneckenhaus. Vorbei! Es folgen ganz alltägliche Sachen, vergessene Rechnungen, woran er denken muß, während eine Flut von Bläsern auf ihn zukommt – plötzlich branden sie an ein Schweigen, eine Stille, die sich wie eine Wand emporbaut, höher und höher wird dieses Schweigen, man konnte immer länger daran emporschauen und schwindlig werden: dann, ganz oben erst, begann eine Geige, dünn und wie ein silberner Griffel auf einer marmornen Tafel, der ein Gebet schrieb, langsam und gelassen, kindlich, fast spielerisch, einsame Zeichen einer unfaßlichen Wonne... Schon eine Weile hatte Kilian gespürt, daß ihm jemand auf die linke Schulter klopfte, links, wo man das Herz hat. Er wollte sich aber nicht stören lassen. Es mußte ein Knöchel sein, der, beharrlich wie nur ein Knöchel, ihn wecken wollte. Er stand in Mantel und Hut, der Fremde, mitten im Konzert. Aber die Leute, welche die Musik begriffen, lauschten alle und waren voll Genuß oder Andacht, achteten ihn nicht, und obschon er einen gewöhnlichen Regenmantel trug, wie er gerade der Mode entsprach, dazu ein Halstuch und einen alltäglichen Hut, der sein knöchernes Antlitz beschattete, wußte Kilian sofort, daß das nun der Tod war, der viel besprochene, der oft schon bedachte. Man kann nicht sagen, daß Kilian ihn erwartet hätte. Jetzt noch nicht. Kilian war nicht mehr jung, gewiß, das wußte er nach und nach; das war noch kein Grund, fand er, um schon zu sterben. Aus Scheu, die andern Leute aufzustören, machte er keine großen Umstände, so entsetzt er natürlich war, sondern nickte.

»Ich?« fragte er kurz.

»Oder ein andrer!« sagte der Fremde, und er fügte hinzu: »Wenn du einen andern findest.«

Er grinste unverständlich ... Kilian nickte, fürs erste erleichtert, daß er allenfalls einen andern schicken könnte, einen, dem es weniger ausmachte. Dachte er doch, daß es noch nicht ihm selber gelten würde! Erschrocken war er immerhin; Kilian hatte das Gefühl, ein zweites Mal dürfte er keinen andern mehr schicken ... Das Konzert ging weiter.

Der Mann auf dem Podium, der mit den Knien wippte und mit einem Stäblein durch die Lüfte zitterte, so daß die Schwänze seines Frackes wedelten, und der natürlich als erster ins Auge fiel, kam nicht in Frage. Von wegen des Aufsehens. Eine Weile sah Kilian sich die Musikanten an, einen zum Beispiel, der die Baßgeige strich; es war rührend, wie ernst und aufmerksam er auf die Noten blickte, auch wo er lange Zeiten gar nicht spielen mußte. Der war nicht unersetzlich, gewiß nicht. Und eigentlich war Kilian schon entschlossen; sie spielten im dritten Satz, in einem Scherzo, als der Mann, der die Baßgeige hielt, mit neuer Hingabe über seine dicken Saiten sägte, so, als wollte er zeigen, wie unentbehrlich auch er war. Man hörte ihn deutlich heraus. Von der andern Musik hörte Kilian natürlich nichts mehr; er sah nur, wie die Menschen blasen und geigen, in Sesseln sitzen, lauschen, während sie jeden Augenblick der Tod treffen kann. Für Kilian war es ein wahnwitziger Anblick. All die geigenden Bogen, die auf und nieder gingen, einmal steiler, einmal flacher, alle miteinander, eine Weile rasten sie wie Weberschifflein, und dann, plötzlich, hörten alle auf, die Arme senkten sich aufs Knie, die Bogen ruhten. Vom Orchester, das spürte Kilian bald, kam keiner in Frage; denn jene sah er alle von Angesicht ... Indessen verging die Zeit, wie sie das immer tut, und draußen lehnte der Tod an der Türe, wartete wie ein Kutscher ... Gerade vor Kilian saß eine Dame, ein kostbarer Pelz. Noch ehe er sie zeichnete, wollte es der Zufall, daß sie sich schneuzte; sie nahm ihr Täschlein, einen Augenblick sah man, daß auch sie ein Gesicht hatte. Ein

Mann mit Glatze, der in der vordersten Reihe saß, war die Rettung; auf Zehen, rücksichtsvoll, ging Kilian durch den langen und spiegelglatten Gang, klopfte ihm auf die runde Schulter, so, daß er sich erschrocken umdrehte. Verzeihung! sagte Kilian, klopfte einem andern auf die Schulter, das heißt, es war ein junges Mädchen, fast noch ein Kind, eine Schülerin, die brav und aufmerksam die Noten verfolgte. Verzeihung! sagte er...

Unterdessen begannen sie den letzten Satz.

Kilian fühlte, daß er es nicht über sich bringen würde; ein ganzer Saal voll Leute, er hatte wirklich gedacht, da wirst du schon einen finden, wo du es über dich bringst, und nun war die Flucht seine letzte Hoffnung, Flucht, List oder eine alte Jungfer, die draußen in der Garderobe säße und strickte und gähnte. Kilian stand im Treppenhaus, wo man die Musik schon fast nicht mehr hörte. Eine Jungfer sah er nicht; aber am Geländer lehnte wirklich der Herr mit dem gewöhnlichen Regenmantel, mit dem Halstuch und mit dem alltäglichen Hut, der sein knöchernes Gesicht beschattete, er stützte seine Ellbogen auf das Geländer, blickte aus Langeweile zwischen den Treppen hinab und rauchte, so stand er da und fragte:

»Wohin willst du?«

»Ich?« sagte Kilian, »auf die Galerie.«

Es nützte ihm nichts, dem listigen Kilian, der wirklich auf die Galerie ging; dann aber war er durch das obere Foyer gelaufen, so schnell er auf den Zehen nur konnte – auch im anderen Treppenhaus lehnte der Herr, wie ein Pendant, und lächelte:

»Du kommst also selber?«

Drinnen konnte nun die schöne Musik jeden Augenblick zu Ende sein, und es blieb Kilian, wie man begreifen mag, nichts anderes übrig: Es mußte vollzogen sein, er hielt seine linke Hand vor die Augen, trat in den erleuchteten Saal und klopfte auf eine Schulter:

»Stirb«, sagte er, »ich bitte dich –«

Als Kilian die eigene Hand wieder von den Augen nahm, waren sie naß, und er sah seinen toten Vater, der allerdings sehr alt war, noch viel älter als Kilian, und es dauerte eine Weile, bis Kilian begriff, was eigentlich geschehen war.

»Ich weiß«, sagte der Tote, »ich weiß –.«
»Was?«
»Das Kind, in dieser Stunde ist es gekommen, euer Kind –.«
»Vater«, sagte Kilian –
»Ja, nun bist du es auch.«
Es mag sein, daß Kilian weinte, obschon er nun sehr glücklich war; er war in die Nacht hinausgegangen, er stapfte durch Wald, und es funkelte von herbstlichen Sternen ... Noch lange hielt er es für einen Traum ...
In Wirklichkeit war es das Kind.

Manchmal noch schreibe ich an Bin. Nicht immer, wenn etwas geschieht, gibt es Freunde; eine Feder, ein Papier, eine Wirtschaft gibt es fast immer ...

Die Wirklichkeit?

Sie begegnete mir eben in der flotten Gestalt eines jungen Offiziers, wie es sie zuzeiten überall gibt. Ich hatte ihr Kommen wirklich nicht bemerkt; ich war also nicht aufgestanden, wie es von einem Soldaten verlangt wird. Ein Blick auf mein Gewand oder auf die Offiziere, die am andern Tische drüben jaßten, oder auch nur auf die Salzstengel, die in einem Glase vor mir standen, und es konnte kein Zweifel mehr sein, wo ich mich befand. In einer halben Stunde fuhr der Zug. Später hatte man mich zum Tisch der jassenden Offiziere gerufen, so daß ich mich erheben mußte, um Stellung anzunehmen, wo es der spärliche Platz zwischen den Tischen erlaubte.

»Machen Sie«, sagte der junge und durchaus flotte Leutnant, »Ihren obersten Knopf zu.«

Er sagte es nicht ohne Wohlwollen.

Ich gehorchte. Es war mir blitzhaft klar: das schwarze Heftlein, das ich aus der Brusttasche gezogen, um wieder einmal an Bin zu schreiben, daher der offene Knopf, daher... Ich gehorchte... Immerhin hatte ich das Gefühl, man hätte mich nicht darum allein gerufen; ich wartete also auf das Eigentliche. Ein wenig verlegen sah ich zu, wie der Hauptmann trumpfte, und der junge Leutnant, der den offenen Knopf bemerkt und mich gerufen hatte, mußte seinerseits aufpassen. Trumpf schlug auf Trumpf. Als das Eigentliche nicht eintrat, so daß mir Bedenken kamen, man könnte als unliebsamer Gaffer empfunden werden, machte ich zum Abschied gerade noch einmal eine solche Stellung.

»Halt!« brummte der Hauptmann mit dem erloschenen Stumpen, indem er die Karten schon für eine nächste Runde mischte, »rufen Sie uns das Fräulein, wir möchten zahlen.«

Ich gehorchte.

»Fräulein«, sagte ich draußen in der Küche, »die Herren möchten zahlen.«

Am andern Morgen war ich wieder daheim. Rapunzel, die schon am Zug gewartet hatte, empfing mich mit einem entzückenden Frühstück, was man heutzutage durchaus erwähnen darf; es gab Butter und Ei, Schinken und Lachs, Kaffee, Marmelade wie im Märchen. Es war, als hätte Rapunzel schon um alles gewußt, und die Zimmer waren voll Blumen wie immer. Mein Zeug stellte ich sofort in die Ecke, Gewehr, Sack, Helm –

»Da bist du ja wieder!«

Wir gaben uns einen Kuß.

»Und?« fragte ich.

»Und?«

Dann fragte ich nach dem Kind. Es schläft. Und Rapunzel erinnerte mich daran, daß ich wohl Hunger hätte.

»Ja, und wie!«

Allein im Zimmer, jedesmal ein wenig benommen, daß man alles das kannte, stand ich da: die Bücher, die wenigen Bilder, die Linde, die immer wieder verdirbt und grünt, und drüben die Truhe, der Heilige aus braunem Sandstein, sein unerschütterliches Lächeln noch immer ... Rapunzel summte draußen in der Küche.

»Du«, rief sie, »ich habe immer auf die Karte gehofft, die du mir versprochen hast –«
Ich steckte eine Zigarette an:
»Es war ein elendes Kaff.«
Sonne schien morgendlich durch die Vorhänge. Draußen standen die braunen Astern, in der Wiese lag Laub, der kleine Hügel war gepflügt, die Wälder waren braun wie das Reh, und die Saaten, die man nicht sah, warteten auf den kommenden Schnee. Aber an den Bäumen hing noch das Obst in den silbernen Himmel hinein. Dann löschte ich die Zigarette wieder und nahm das Kind, das erwacht war; ich nahm es auf die Knie, die noch nach Stroh, nach Schweiß und rauchigen Wirtschaften rochen ...
Wem es gleicht?
Am ehesten, so will mich immer wieder dünken, gleicht es Bin, der uns nach Peking führt – Peking, das ich nie erreichen werde.

Von Max Frisch erschienen im Suhrkamp Verlag

Stücke Band 1 und 2
Tagebuch 1946–1949
Stiller. *Roman*
Homo faber. *Ein Bericht*
Mein Name sei Gantenbein. *Roman*
Biografie · Ein Spiel

Bibliothek Suhrkamp:
Bin oder Die Reise nach Peking. *Erzählung*
Homo faber. *Ein Bericht*
Andorra. *Stück in zwölf Bildern*

edition suhrkamp:
Don Juan oder Die Liebe zur Geometrie. *Komödie*
Graf Öderland. *Eine Moritat in zwölf Bildern*
Ausgewählte Prosa. *Nachwort von Joachim Kaiser*
Biedermann und die Brandstifter. *Ein Lehrstück ohne Lehre*
Die Chinesische Mauer. *Eine Farce*
Frühe Stücke. Santa Cruz / Nun singen sie wieder
Zürich-Transit. *Skizze eines Films*
Öffentlichkeit als Partner

Max Frisch liest Prosa. *Suhrkamp Sprechplatte:*
Isidor. Der andorranische Jude. Tonband

Bibliothek Suhrkamp

1 Hermann Hesse, Die Morgenlandfahrt. *Erzählung*
2 Walter Benjamin, Berliner Kindheit um Neunzehnhundert
4 Bertolt Brechts Hauspostille
8 Max Frisch, Bin oder Die Reise nach Peking. *Erzählung*
11 Paulinurus, Das Grab ohne Frieden. *Aufzeichnungen*
13 Raymond Radiguet, Der Ball des Comte d'Orgel. *Roman*
16 Günter Eich, Träume. *Vier Spiele*
19 Jean Giraudoux, Eglantine. *Roman*
20 Anna Seghers, Aufstand der Fischer von St. Barbara
21 T. S. Eliot, Der Privatsekretär. *Komödie*
23 Jugendbildnis Alain-Fournier. *Briefe*
25 Ernst Penzoldt, Der dankbare Patient. *Ein Brevier*
26 Monique Saint Hélier, Quick. *Erzählung*
27 Walter Benjamin, Einbahnstraße. *Aphorismen*
28 Ernst Robert Curtius, Marcel Proust. *Essay*
29 G. B. Shaw, Ein Negermädchen sucht Gott
30 E. M. Forster, Ansichten des Romans
33 Bertolt Brecht, Gedichte und Lieder
34 Hugo Ball, Hermann Hesse. Sein Leben und sein Werk
36 Antonio Machado, Juan de Mairena
37 Peter Suhrkamp, Munderloh. *Fünf Erzählungen*
38 Ivo Andrić, Der verdammte Hof. *Erzählung*
40 Ezra Pound, ABC des Lesens
41 Bertolt Brecht, Schriften zum Theater
42 G. B. Shaw, Musik in London. *Kritiken*
43 Hermann Hesse, Klein und Wagner. *Erzählung*
44 Sherwood Anderson, Winesburg, Ohio. *Roman*
46 Ernst Penzoldt, Squirrel. *Erzählung*
47 Theodor W. Adorno, Noten zur Literatur I
49 Hans Erich Nossack, Unmögliche Beweisaufnahme
52 Karl Krolow, Fremde Körper. *Gedichte*
53 Paul Valéry, Über Kunst. *Essays*
54 Ernst Bloch, Spuren. *Parabeln*
55 Peter Suhrkamp, Der Leser. *Reden und Aufsätze*

56 William Faulkner, Der Bär. *Erzählung*
57 Robert Walser, Prosa
58 Wladimir Majakovskij, Mysterium buffo und andere Stücke
59 Virginia Woolf, Granit und Regenbogen. *Essays*
60 Rafael Alberti, Zu Lande zu Wasser. *Gedichte. Zweisprachig*
61 Theodor W. Adorno, Mahler. *Monographie*
62 Truman Capote, Die Grasharfe. *Roman*
63 Bertolt Brecht, Flüchtlingsgespräche
64 André Gide, Paludes. *Satire*
67 Hamza Humo, Trunkener Sommer. *Erzählung*
68 William Goyen, Haus aus Hauch. *Roman*
69 Ramón José Sender, Der Verschollene. *Roman*
70 Guiseppe Ungaretti, Gedichte. *Zweisprachig*
71 Theodor W. Adorno, Noten zur Literatur II
72 Hans Erich Nossack, Nekyia. *Ein Bericht*
73 Jean Giraudoux, Simon. *Roman*
75 Hermann Hesse, Knulp. *Erzählung*
76 William Carlos Williams, Gedichte *Zweisprachig*
77 Ernst Bloch, Thomas Münzer. *Monographie*
78 Ernst Penzoldt, Prosa eines Liebenden
79 Joseph Roth, Beichte eines Mörders. *Roman*
80 William Faulkner, Wilde Palmen. *Erzählung*
81 Bertolt Brecht, Geschichten
82 Samuel Beckett, Erzählungen und Texte um Nichts
83 Marcel Proust, Gegen Sainte-Beuve. *Essays*
84 Wolfgang Hildesheimer, Lieblose Legenden
85 Ernst Bloch, Verfremdungen I. *Essays*
86 G. B. Shaw, Sechzehn selbstbiographische Skizzen
87 Max Frisch, Homo faber. *Ein Bericht*
89 Maxim Gorki, Erinnerungen an Zeitgenossen
90 Robert Musil, Aus den Tagebüchern
91 F. Scott Fitzgerald, Der letzte Taikun. *Roman*
93 Guiseppe Ungaretti, Reisebilder
94 Osip Mandelstam, Die ägyptische Briefmarke
95 Hermann Hesse, Demian. *Roman*
96 Cesare Pavese, Die Verbannung. *Erzählung*
97 Franz Kafka, Er. *Ausgewählte Prosa*
98 Samuel Beckett, Glückliche Tage und andere Stücke

99 Pablo Neruda, Gedichte. *Zweisprachig*
100 Peter Suhrkamp, Briefe an die Autoren
101 Max Frisch, Andorra. *Stück in zwölf Bildern*
102 Elio Vittorini, Im Schatten des Elefanten. *Erzählung*
103 William Faulkner, Als ich im Sterben lag. *Roman*
104 Arno Schmidt, Leviathan. *Erzählung*
105 Hans Henny Jahnn, 13 nicht geheure Geschichten
106 Gershom Scholem, Judaica. *Essays*
107 Siegfried Kracauer, Ginster. *Roman*
108 Jean Giraudoux, Juliette im Lande der Männer. *Roman*
109 Marguerite Duras, Der Nachmittag des Herrn Andesmas
110 César Vallejo, Gedichte. *Zweisprachig*
111 Cesare Pavese, Junger Mond. *Roman*
112 Hugo von Hofmannsthal, Florindo
113 Albert Camus, Der Fall. *Roman*
114 Oskar Loerke, Gedichte
115 Maxim Gorki, Italienische Märchen
116 Kateb Yacine, Nedschma. *Roman*
117 Hans Erich Nossack, Interview mit dem Tode. *Berichte*
118 Samuel Beckett, Wie es ist. *Roman*
119 André Gide, Corydon. *Vier Dialoge*
120 Ernst Bloch, Verfremdungen II. Geographica. *Essays*
121 William Golding, Die Erben. *Roman*
122 Saint-John Perse, Winde. *Gedichte. Zweisprachig*
123 Miroslav Krleža, Beisetzung in Theresienburg. *Erzählung*
124 Italo Calvino, Erzählungen
125 Daniel Watton, Der Feldzugsplan. *Roman*
126 Jaroslaw Iwaszkiewicz, Der Höhenflug. *Erzählung*
127 Jurij Olescha, Neid. *Roman*
128 Virginia Woolf, Die Wellen. *Roman*
130 T. S. Eliot, Gedichte. *Zweisprachig*
131 Sigmund Freud, Der Mann Moses. *Drei Essays*
132 William Goyen, Savata. *Roman*
133 Ramón José Sender, Requiem für einen spanischen Landmann
134 Claude Simon, Das Seil. *Roman*
135 Günter Eich, In anderen Sprachen. *Vier Hörspiele*
136 Elio Vittorini, Die rote Nelke. *Roman*
137 Yasushi Inoue, Das Jagdgewehr. *Roman*

139 Maurice Blanchot, Warten Vergessen. *Ein Bericht*
140 Bertolt Brecht, Dialoge aus dem Messingkauf
141 Karl Kraus, Sprüche und Widersprüche. *Aphorismen*
142 Alain-Fournier, Der große Meaulnes. *Roman*
143 Knut Hamsun, Hunger. *Roman*
145 Nathalie Sarraute, Martereau. *Roman*
146 Theodor W. Adorno, Noten zur Literatur III
147 Raymond Radiguet, Den Teufel im Leib. *Roman*
148 Raymond Queneau, Stilübungen
149 Arthur Schnitzler, Erzählungen
150 Wladimir Majakovskij, Frühe Gedichte
151 Oskar Loerke, Essays über Lyrik
152 Isaak Babel, Budjonnys Reiterarmee. *Erzählungen*
153 Gunnar Ekelöf, Spaziergänge und Ausflüge. *Erzählungen*
154 G. B. Shaw, Vorwort für Politiker
155 Paul Valéry, Die fixe Idee
156 Tudor Arghezi, Kleine Prosa
158 Herbert Marcuse, Triebstruktur und Gesellschaft
159 Marguerite Duras, Die Verzückung der Lol V. Stein
160 Carlo Emilio Gadda, Erzählungen
161 Nelly Sachs, Späte Gedichte
162 Paul Valéry, Herr Teste
163 Stanislav Witkiewicz, Das Wasserhuhn. Narr und Nonne
164 Marcel Proust, Tage der Freuden
165 Joseph Roth, Das falsche Gewicht
166 Tage Aurell, Martina. *Erzählung*
167 Sherwood Anderson, Dunkles Lachen. *Roman*
168 Slavko Kolar, Das Narrenhaus. *Erzählung*
169 Tarjei Vesaas, Nachtwache, *Roman*
170 Georges Poulet, Marcel Proust. *Essays*
171 Jean Cocteau, Kinder der Nacht. *Roman*
172 Carlos Droguett, Eloy. *Roman*
173 Hjalmar Söderberg, Doktor Glas. *Roman*
174 Hugo von Hofmannsthal, Gedichte und kleine Dramen
175 Jean-Paul Sartre, Die Kindheit eines Chefs. *Erzählung*
176 Witold Gombrowicz, Die Ratte. *Erzählungen*
177 Seumas O'Kelly, Das Grab des Webers. *Erzählung*
178 Jaroslaw Iwaszkiewicz, Heydenreich. Mephisto-Walzer

179 Georg Heym, Gedichte
181 Hermann Hesse, Der vierte Lebenslauf Josef Knechts. Zwei Fassungen
182 Wladimir Majakovskij, Politische Poesie
184 Rainer Maria Rilke, Ausgewählte Gedichte
185 Tommaso Landolfi, Erzählungen
186 Anna Seghers, Wiedereinführung der Sklaverei in Guadeloupe
188 Ivan Olbracht, Wunder mit Julka
190 Léon-Paul Fargue, Der Wanderer durch Paris
191 Wright Morris, Die gläserne Insel. *Roman*
192 Christian Branner, Erzählungen
193 Aimé Césaire, Zurück ins Land der Geburt. *Zweisprachig*
194 Italo Svevo, Vom guten alten Herrn und vom schönen Mädchen
195 J. M. Synge, Drei Stücke
197 Willy Kyrklund, Meister Ma
198 Henry Miller, Das Lächeln am Fuße der Leiter. *Erzählung*
199 Hermann Broch, Demeter. *Romanfragment*
200 James Joyce, Dubliner. *Kurzgeschichten*
201 Philippe Soupault, Der Neger. *Roman*
202 Gottfried Benn, Weinhaus Wolf
203 Veijo Meri, Der Töter und andere Erzählungen
204 Hermann Broch, Die Erzählung der Magd Zerline
205 Jean-Jacques Mayoux, Joyce
206 Bertolt Brecht, Turandot
207 Leszek Kolakowski, Der Himmelsschlüssel
208 Sylvia Plath, Die Glasglocke
209 Heinrich Mann, Politische Schriften
210 Scholem-Alejchem, Tewje der Milchmann. *Roman*
211 Werner Kraft, Franz Kafka. Durchdringung und Geheimnis
212 Katherine Anne Porter, Was vorher war
213 Rudolf Borchardt, Gedichte